오늘밤은
잠이 오지 않아서

김희진

오늘밤은
잠이 오지 않아서

흥익출판사

목 차

불안 속을 걸어가는 당신이

잠깐이라도 내게 기댈 수 있다면

조금은 덜 외롭지 않을까.

새벽 1시, 휴대폰의 친구목록을 위에서 아래로, 다시 아래에서 위로 몇 번이나 오간다. 이 시간에 뜬금없이 연락해 아무 겉치레 없이 지금 느끼는 감정의 맥락을 나눌 수 있다면. 하지만 어쩐지, 누군가를 누를 수 없다.

액정 위를 공회전하던 엄지손가락이 인스타그램 아이콘으로 향한다. 사람들은 부지런히 예쁜 곳을 찾아다니고 맛있는 음식을 먹고 행복한 눈빛을 짓는다. 괜스레 잠이 오지 않는 밤이다.

－혹시 아직 안 자니?
기대치 않았던 친구의 문자가 도착했다.
－고마워.
나도 모르게 감사의 인사가 먼저 나와버린다.
－뭐가? 왜 이래?
친구의 물음에 잠시 망설이다가

– 그냥 좋아서…

라는 오글거리는 답을 한다. 어쩐지 좀 그래도 될
것 같은 밤이다.

– 너 외롭구나.

평소 말투가 그대로 묻어나는 문자에 나도 모르게
피식 웃는다. 문장에서 목소리가 들려온다.

– 근데 무슨 일 있어?

라고 되묻자 친구가 답한다.

– 그냥. 나도 외로워서.

사람에게 쓸 수 있는 에너지가 줄어들수록 소중한
사람이 누구인가를 생각하게 된다. 세상에는 친하지만
무의미한 관계들이 있다는 것을 적지 않게 경험해왔다.
하지만 사람에게 질려버리는 순간에도 늘 사람이 그리웠
다. 언제나 상처는 흘리듯 내뱉는 말 한마디에서부터였
지만, 그 상처를 위로한 것도 말 한마디의 진심이었기 때
문이다.

그러니 이 새벽, 문자를 나눌 수 있는 친구가 있다
면 그걸로 되었다 싶은 밤이다.

우리에겐 저마다의 상처가 있다. 자신이 가진 좁은 눈으로만 사람을 판단하는 이에게서, 인권 감수성이 전혀 없는 천박한 농담을 던지는 이에게서, 솔직함을 핑계로 가슴속을 할퀴는 이에게서, 끊임없이 상처를 받고 아파한다.

가끔은 상식 밖의 누군가보다, 고작 그런 사람 때문에 엉망진창이 되어버린 자신에게 더 화가 나서 어쩔 줄을 모르기도 한다. 나를 망칠 자격이 없는 것들에 너무 몰두했던 자신이 미워질 때가 있다.

이런 상처에 대해 누군가는 통과의례라는 표현을 쓰기도 한다. 사회생활을 하면 원래 다 그런 거라고, 약해 빠진 소리 하지 말라고, 지나치게 감정적이라고, 네 마음가짐의 문제라고. 자꾸만 내 탓을 하게 만든다.

위로가 필요하다.

우리는 완전히 똑같진 않지만 비슷한 생채기를 감당하며 살고 있을지 모른다. 그러니 늦은 밤 혼자뿐이라고 생각했던 세상을 나누고자 시도한다면 기대보다 훨씬 많은 것들이 달라질지도 모른다.

어떤 상처는, 꺼내 보이는 것만으로도 아픔이 덜어

지기도 한다. 만약 우리가 각자의 이야기를 꺼낼 수 있는 용기가 있다면 그런 생각을 하게 될 수도 있지 않을까?

'나와 당신은 다르지 않군요.'

우리는 그것만으로도 제법 묵직한 안도감을 느낄 것이다.

"혹시, 아직 잠들지 못했나요?"

이 책을 시작하며 당신에게 묻고 싶다. 어쩌면 우리는 중요한 관계가 될지도 모른다.

1

a night of own

혼자 뒤척이는 밤들

오늘 들은 그 말을 아직도 내 안에 새기고 있다. "똥 같은 소리 하네"라 내뱉고 시원하게 지워버리고 싶은데, 이놈의 기억력은 꼭 그런 아픈 순간에만 목소리, 말투, 뉘앙스, 표정까지 디테일하게 남겨둔다. 침대에 누워 멀뚱히 천장만 올려보다 눈을 감으면 할퀸 통증이 검은 해일처럼 밀려오는 밤이다.

세상에는 너무 많은 자존감 도둑이 있고, 그들은 언제나 말 한마디로 나를 기죽인다. 상사의 얼굴을 하고, 친구나 애인의 얼굴을 하고, 때로는 가족의 얼굴을 하고 나에게 말의 상처를 입힌다. 말의 내상은 그 어떤 물리적 상처보다 강하고 지독하다.

"살쪘어?", "왜 그런 옷을 입었어", "왜 머리가 그래" 같은 말들을 인사처럼 건네는 이들은, 모른다. 당신이 뒤돌아선 순간부터 나는 진창에서 아파하며 뒹굴고 그 밤은 너무도 길고 괴롭다는 것을. 왜 무례한 사람은 그토록 평온하고, 제대로 반응 못한 나는 예민한 마음과 약함을 자책해야 할까.

언젠가 병원의 문을 열고 들어섰는데 의사 선생님이 "기다리고 있었어요"라고 말해준 적이 있다. 그 순간 나는 조금 눈물이 날 것 같았다. 누군가 나를 기다려줬다는 말 한마디, 그저 별 뜻 없는 인사치레라는 것쯤 모르는 바 아니었지만 스스로가 세상의 먼지처럼 하찮다 여겨지던 그 무렵의 나에게 가장 필요했던 말이었다.

한 프로그램에 출연한 헤어 디자이너 차홍은 어찌나 예쁘게 말하는지, 그 방송을 본 이후 난 그녀의 팬이 되었다. 한 남성 스태프의 머리를 손질하며 스타일링 시범을 보이는 상황이었다. 평소 느끼하게 생겼다는 소리를 자주 듣는다며 스스로에 대해 그다지 자신감이 없어 하는 스태프를 계속 칭찬하던 차홍이 말했다.

"평상시에 귀엽단 말 많이 들으시죠?"

그러자 남성 스태프는 수줍게 "사람들이 말을 잘 안 걸어요"라고 답했다.

"그저 바라만 봐도 좋은가 보다."

차홍의 답이었다.

어쩜 그렇게 예쁘게 말하냐는 질문에 차홍은 "저는 항상 아름다운 것을 찾아내는 여자니까요"라고 답했다. 그 모습이 좋아 보였다.

사실, 나는 진심이 아닌 말은 하지 말자는 주의였다. 고맙지 않은데 고맙다고 말하는 건 위선 아닌가 라고 생각했다. 하지만 요즘 들어 말 한마디라도 예쁘게 하려고 애를 쓸 필요가 있다고 느끼게 된다. 가짜 웃음에도 엔도르핀은 나온다고 한다. 가끔은 나의 마음이 진짜인가 아닌가에 방점을 찍기보다, 아름다운 것을 찾으려는 노력이 더 필요한 순간이 있음을 느낀다.

매 순간 진심을 잔뜩 담을 필요는 없다. 그저 노력하는 것이다. 질투를 억누르고, 비꼬기를 멈추고, 아름다움을 찾으려는 어른스러운 노력을 담아 말 한마디를 건네는 것이다. 그렇게 반복하다 보면 그 속의 진심이 생겨날지도 모르니까 말이다.

대학을 졸업하고 여의도의 한 작업실에서 드라마 막내 작가 생활을 하던 시절, "너는 해도 안 돼", "그것밖에 못하니?" 같은 말들에 가뜩이나 굽은 등이 더 굽어 있을 때였다. 여의도 국회 도서관에서 참고 자료를 한참 정리하고 다시 작업실로 돌아가려 나섰는데 뜨거운 날씨에 시원한 아이스 아메리카노 한 잔이 간절해졌다. 하지만 수중에 돈이 없었다. 열정페이로 일하던 탓에 지갑은 언제나 텅텅 비어 있었다. 그때 갑자기 딩동 문자가 울리더니 200만 원이 입금되었다는 문자가 도착했다.

이게 뭐지, 싶어서 잠시 멍하니 서 있는데,

– 기죽지 마라.

아버지였다. 그때 난 여의도 대로를 걸으며 한참 울었다. 그 한마디가 전한 어마어마한 지지에 마음이 일렁였다. 그렇게 지금까지 기죽지 않고 글을 쓰고 있다. 결국 나를 멈추게 하는 것도, 계속하게 하는 것도 말 한마디였다. 말 한마디가, 그렇게 끈질기다.

괜찮냐고 물어주는
다정한 말 한마디일 뿐인데
슬픔이 모두 녹아내리네요.

자기만의 방에 산다는 것

나는 서른 살에 혼자 살기로 결정한 이후 지금까지 독거 생활을 유지하고 있다. 처음 혼자 살기 시작했을 때 한창 피어올랐던 한 끼 요리를 해 먹는 재미나 내 취향의 살림 살이를 사들이는 즐거움, 멋대로 늦게 귀가하는 해방감 은 한때에 그쳤다.

1인 가정에선 재료를 잔뜩 구입하는 것보다 차라리 반조리 식품 하나를 사는 편이 경제적임을 식자재의 숱 한 썩어나감을 겪고난 뒤 깨달았다. 벽지, 장판 같은 인 테리어의 시작점부터 잘못된 집을 바로잡을 만한 경제적 여력은 없어 예쁜 집에 대한 욕구도 진작 손을 놓았다. 마음대로 귀가하고, 술을 진탕 마시는 방탕하고 자유로운 생활은 독립하기 전부터 점차 흥미를 잃었던 부분이다.

그래서 결국, 혼자 사는 일은 상상보다 대단하거나 즐겁지 않다. 다만 반드시 필요한 일이라는 확신은 든다. 나는 가능한 모든 성인이 혼자 살아보는 경험을 해보면 좋겠다고 생각한다.

　혼자 살기에 관한 거라면 '이 직종'만큼 통달한 이
도 드물 것이다. 35년 넘게 수녀 생활을 하며 뉴욕의 선
물가게 점원으로도 일한 캐롤 자코우스키 수녀는《후회
없는 삶을 위한 10가지 제안》이란 책을 썼다. 제목 그대
로 자신의 삶을 좀 더 근사하게 만들기 위한 열 가지를
정리한 것인데, 이 목록 중 하나가 '잠시 동안 혼자 살아
라'라는 내용이다.
　"의심할 여지도 없이 혼자 사는 것은 내가 이제껏
했던 최고의 일 중 하나이다."
　챕터는 이렇게 시작한다. 수녀님은 결혼을 하기 전
이나, 누군가와 함께 살기 전, 혹은 수녀가 되기 전에 혼
자 살아보아야만 자신을 발견하고 깨달을 수 있으니 가
능한 성인기 초반에 경험해보기를 권한다. 그리고 잠시
동안이라도 혼자 사는 것은 어떤 관계에서든 우아함을
지킬 수 있는 일일 뿐만 아니라 영원히 행복하게 살기 위
한 커다란 비밀이라고 말한다.

　책에는 수녀님이 독거를 망설이는 이들의 고민을

줄이는 데 한몫하자는 심정으로 정리한 '혼자 사는 생활의 가장 좋은 점과 가장 나쁜 점' 네 가지가 나오는데 그 내용은 이렇다.

혼자 사는 생활의 가장 좋은 점

1. 평화와 고요함을 발견한다
2. 신의 소리에 귀 기울인다
3. 최고의 자아를 찾는다
4. 새 삶을 찾는다

혼자 사는 생활의 가장 나쁜 점

1. 힘든 일이다
2. 스트레스를 많이 받는다
3. 때때로 외롭다
4. 비경제적이다

모든 부분에 완전히 동의한다. (무교인 나로서는 좋은 점의 2번 항목을 깊은 내면의 소리에 귀 기울인다로 이해했다.)

배터리에 충전을 하듯, 내겐 일주일에 하루 이상 반드시 혼자만의 시간이 필요하다. 기본적으로 눈치를 많이 보는 사람이기 때문에 누군가와 '함께 쉴' 수 없다. 아무리 편한 상황과 공간이라도 함께 있는 사람 쪽으로 신경이 쓰여버리는 탓이다.

가족이라고 마냥 편한 존재만은 아니다. 오히려 부모 자식이기 때문에 적당한 거리가 필요하다. 서로에 대한 애정과 기대가 잔소리로, 편함과 익숙함이 함부로 내뱉는 말과 태도로 이어진 적이 많다. 나의 경우, 부모님과 따로 살며 오히려 좋은 관계를 유지할 수 있게 되었다. 아무래도 부모님과 일상을 함께 하지 않기 때문에 좀 더 예의를 지킬 수 있고 평소 그리워할 수 있으니 만났을 때의 반가움이 커지는 듯하다.

특히 생활공간 분리는 심리적으로도 부모님에게서 나를 독립시켰다. 부모님 그늘에서 키워지는 존재가 아니라 동등하게 각자 살아가는 존재가 되는 것, 그것은 양쪽 모두에게 매우 이로운 일이다.

사실 부모님에게 꽤나 순종적인 딸로 자라는 동안 그 점에 대해 내심 보상심리를 가지고 있었는지도 모르겠다. 부모님 뜻을 크게 거역한 적 없으니 그만큼 함부로 굴어도 이해해주셔야 한다는 나 좋을 대로의 기브 앤 테이크 논리였다. 하지만 돌이켜 생각해보니 내가 늘 눈치를 보고 있었던 까닭은 부모님의 강요 때문이 아니라, 그 저 내가 책임지지 않기 위한 안일한 어리광이었다는 생 각이 든다. 내 스스로 부모님을 인생의 최종 결정권자로 둔 이유는 문제가 생겨도 책임지지 않을 핑계를 남기고 싶었던 것은 아닐까?

그래서 난, 혼자 살기 시작하며 진짜 나의 삶에 책 임을 지게 되었다. 서른의 독거 생활에서부터 어른이 되 어갔다.

물론 나쁜 점도 수녀님의 말씀대로다. 혼자 살면 온 갖 집안일을 도맡아야 하며 오직 스스로밖에 의지할 곳 이 없다는 사실 자체가 스트레스로 다가오기도 한다. 매 우 현실적으로 부모님과 살 때는 신경 쓰지 않아도 괜찮 았던 각종 공과금과 식비, 기타 등등의 비용 발생으로 인 해 적금 부을 틈 없는 팍팍한 생활을 이어가기도 한다. 그리고 그런 스트레스를 해소한다는 명목 아래 한없는 욕망을 컨트롤하지 못할 때도 많다. 음식, 게임, 잠 그런 것들을 과도하게 탐닉한다 해도 나를 멈춰줄 이가 없다. 하지만 그 모든 것이 과정이라 생각한다. 내가 나 다워지는 과정, 다소 서툴고 소모적이라도 반드시 필요한 시간이라 여긴다. 게다가 책임지는 일은 마냥 버겁기만 한 것은 아니다. 내가 사는 데 드는 돈을 내가 감당하는 일은 스스로를 당당하고 강하게 만들기에, 나는 혼자 살기 시작한 이후 내 인생을 내 멋대로 이끌어가는 일에 좀 더 뻔뻔하게 되었다.

혼자 살기에 오롯이 자신을 마주할 수도 있다. 나를 위해 청소를 하고, 장을 보고, 빨래를 하는 일은 때론 시시하고 의미 없이 느껴지기도 하지만 그런 반복 속에서 스스로 조금 더 괜찮은 사람이 되어가는 기분이 든다. 그리고 점점 더 생각하게 된다. 나에게 좀 더 잘해주자고, 세상 모두가 나를 미워해도 나만은 나를 미워하지 말자고 다짐한다. 내가 나를 돌아봐주자, 가장 기뻐한 사람은 바로 내 자신이었다.

오늘 돼지고기를 듬뿍 넣은 김치찌개를 끓이며 내일은 이런 찌개를 담을 예쁜 그릇을 하나 사야겠다고 생각한다. 삶의 행복은 나를 위한 따뜻한 한 끼를 짓는 성실함과 그것을 아무렇게나 먹지 않고 예쁜 그릇에 담는 자기애에서 시작될 테니 말이다.

새벽에 깨면 온 밤이
오롯이 내 차지가 된다.
주황색 가로등만이 길을 비추는
말없는 고요함 속에서
모든 긴장을 푼 채
내가 될 수 있는 시간.

혼자를 책임지는 시간이다.

자존감은 셀프입니다

아침에 일어나 카톡 채팅 창을 확인하니 100개가 넘는 새 글 알림이 떠 있다. 내가 잠든 사이, 친구 몇몇과 수다를 떠는 단체방에 아무 말 대잔치가 열렸던 모양이다. 한창 뜨거웠던 지난밤의 대화는 어젯밤 텔레비전에 나온 이효리의 의상이 화두였다. 그녀가 입은 원피스가 예쁘더라고 누군가 건넨 말이 나도 비슷한 원피스를 가지고 있는데 자기가 입으면 도무지 그 느낌이 안 나더라는 다른 이의 답으로 연결되었다. 그리고 대화는 역시 생김새가 돼야 세상 살기 편한가라는 방향으로 이어졌고 이후 의식의 흐름을 따라 왔다 갔다 하다가 결국 각자의 다이어트 고민을 지나 왜 우리는 먹는 족족 살이 찌는 체질인 것인가, 운동 강습은 왜 이리 비싼 것인가, 가난하다고 해서 예뻐지고 싶지 않겠는가, 같은 슬픈 이야기들로 마무리되어 있었다.

　　밤새 자신의 덜생김을 괴로워한 친구들에게 아침

인사를 건넸다.

"못생긴 건 좀 괜찮아졌니?"

최근 보았던 〈아이 필 프리티〉라는 영화에는 자신의 외모가 영 마음에 들지 않아 매사에 소극적이던 여자 주인공이 나온다. 그러던 어느 날 그녀는 사고로 머리를 다치고 실제로는 아무런 변화가 없지만 자신의 눈에만 스스로 완벽한 외모를 가진 여성으로 보이기 시작하며 드라마틱한 삶의 변화를 경험한다. 영화는 역시 겉모습과 상관없이 스스로를 사랑해야 하고 우리 모두는 아름답다는 교훈을 대놓고 전했지만, 정작 영화를 보고 나오는 길에 떠오른 건 '외모에 자신 없는 여자가 자존감을 키우려면 머리라도 다쳐야 가능한가' 싶은 의문이었다.

수줍지만 대학시절에 춤을 좀 췄었다. 댄스 동아리 활동에 완전히 빠져 있던 댄동 언니였는데, 동아리가 추구하는 댄스 스타일은 주로 팔을 드는 미세한 각도까지 일일이 맞추는 칼 군무였기에, 동작의 통일성을 돋보이게 하려면 늘 옷도 똑같이 맞춰 입어야 했다. 그런데 문제는 간혹 노출이 있는 단체복이 있다는 점이었다. 일종의 연습생 같은 1학년 시절을 마치고 2학년이 되어서야 드디어 무대에서 공연을 하게 되었을 때, 하필 배가 훤히 드러나는 스포츠 탑을 입어야 하는 무대에 서게 되었다. 설렘과 걱정으로 공연을 앞둔 며칠 전부터는 쓰러지지 않을 정도로만 먹으면서 다이어트를 하고 최대한 날씬하게 보이기 위해 나름의 최선을 다했다. 하지만 오랜 세월 함께한 뱃살과 팔 살이 단 며칠 벼락치기 했다고 획기적으로 달라질 리가 없었다. 그때 근심이 가득한 얼굴을 한 나에게 동아리 회장언니가 그런 말을 했다.

"무대에서 뚱뚱하면 둔해 보일 수 있어. 근데 정말 문제는 뭔지 알아? 살에 신경 쓰느라 춤까지 구리게 추는 거야. 어차피 무대에 서야 한다면 그냥 춤 엄청 잘 추는 뚱땡이가 되는 게 멋지잖아."

그 말이 이상하게 힘이 되었다. 그리고 동아리를 졸업할 때까지 결국 살은 빼지 못했지만 춤을 즐기는 뚱땡이는 될 수 있었고, 이후로도 내 자신의 외모에 대해 영섭섭한 마음이 생길 때마다 그 말이 생각났다. 어차피 내가 이렇게 생겼다면, 그건 차치하고 생각하자라며 스스로를 다독이게 되었다.

사실 '우리 모두는 나름의 아름다움이 있으니 어떻

게 생겼든 자존감을 키웁시다'라는 말이 정답인 건 알지만, 어쩐지 기운이 빠지기도 한다. 마음에는 자꾸만 내가 예쁘지 않은 부정적인 마음이 고개를 드는데 그런 감정은 무조건 갖지 말아야 할 것, 좋지 않은 것이라고 해도 멀게만 느껴질 뿐이다. 남들이 아무리 있는 그대로의 너를 사랑하라고 말해도, 납득하지 못하면 의미가 없다. 결국 자존감은 셀프이기 때문이다.

한 강연에서 개그맨 이국주가 긍정에 대해 말한 적이 있다. 정확한 문장이 기억나진 않지만 대략 이런 내용이었다.

"긍정적으로 살라는 말은 많이 들었는데, 과연 그게 무엇일까요? 너 못생겼어, 너 뚱뚱해, 이런 이야기를 들었을 때 하하 호호 하는 것은 긍정적인 삶일까요? 저는 그렇게 생각하지 않아요. 제가 생각하는 긍정적인 삶은 나의 단점과 불행을 인정하는 것이에요. 누군가 자신에게 못생겼다, 뚱뚱하다고 할 때, 그 말을 인정은 하되 동시에 나 자신의 장점을 생각하는 것이죠. 난 뚱뚱하지만 노래를 잘해, 못생겼지만 춤을 잘 춰, 같이 말이에요. 자신의 단점을 인정하고 장점은 내세우는 것이 진짜 긍정적인 삶이 아닐까요?"

얼마 전 학창 시절 싸이월드에 올렸던 사진들을 다시 꺼내보게 되었다. 특히 고등학생 시절은 인생의 암흑기라 생각하며 꺼내볼 용기가 좀처럼 나지 않았었는데 서른이 넘어 다시 본 그 시절의 나는 내가 미워했던 것보다 훨씬 예쁜 모습이었다.

학창시절 나는 이목구비가 예쁜가 아닌가, 말랐나 뚱뚱한가, 같은 하나의 기준으로만 스스로를 판단했는지도 모르겠다. 늘 남의 눈에 내가 어찌 비칠까를 고민하느라, 심지어 나 자신조차도 나를 남처럼 대했다.

그런데 요즘 나는 전처럼 나를 미워하지 않는다. 가끔은 꽤 괜찮다고도 생각한다. 최근의 몸무게는 학창시절보다 오히려 웃돌고, 나빠진 시력 탓에 찌푸리는 버릇이 생겨 미간에 주름도 생기고, 새치도 늘어났지만, 이상하게 받아들여진다. 겉으로 가진 것은 같거나 혹은 더 열악해졌지만, 그것 말고도 나를 판단할 꽤 많은 기준들이 생겼기 때문일 것이다. 여전히 아름다운 외모가 큰 장점인 것은 분명하다 생각하고 그것을 가진 이들을 리스펙해도 그 외모의 빼어남이 내게 가지는 무게감은 확실히 줄어들었다.

알고 보면 누구에게나 있는 장점과 단점, 길고 짧음, 얇고 굵음, 안과 밖, 겉과 속, 깨끗함과 더러움, 선과 악 같은 것들 중 무엇을 보느냐, 어디에 집중하느냐의 문제를 좀 더 나에게 유리하게 선택하게 되었다. 영화 속 주인공처럼 머리를 다친 건 아닌데 아무래도 서른 넘게 살면서 머리가 좀 복잡해졌나 보다.

세상이 뭐라든 나만의 춤을 추며
나 자신으로 살아갈래.
그건 너무 기쁘고 벅차니까!

내 친구 김윤정은 베이비붐의 마지막 세대인 77년생 뱀 띠이다. 그녀는 초등학교 4학년 2학기에 배운, 자신의 출생년도만 유독 뚱뚱하던 연령별 인구분포도를 아직 기억한다. 그것은 앞으로 펼쳐질 치열한 밥벌이의 예고 같은 것이었으니까.

대학에서 만화를 전공한 윤정은 종이만화의 거의 마지막 전성기 즈음 한 선배의 팀에서 일하게 되었다. 그녀가 그림을 그려 처음으로 번 돈은 20만 원, 친구와 선배의 집을 전전하며 숙식을 해결했다. 홀로 서울에 올라온 스물두 살 여자가 생존권을 보장받기 어려운 환경이었다.

결국, 윤정은 얼마 되지 않아 만화를 접었다. 그리고 돈이 될 만한 일을 찾아 헤맸다. 대여섯 군데의 일을 동시에 진행한 적도 부지기수였다. 오프라인에서는 동화책, 교과서, 참고서에 들어가는 그림을 그렸고, 웹디자이너가 되어 한창 붐이 일던 온라인 사이트 작업에도 많이 참여했다. 친구들이 미니홈피를 꾸밀 때, 윤정은 그 미니홈피를 한 점 한 점 찍어 그려냈다. 이십 대의 일러스트레이터 윤정은 '부리기 쉬운 것'이 무기였다. 클라이언트의 요청에 늘 긍정적인 대답만을 건넸고, 의뢰받은 그림을 그리고 또 그리며 또래에 비해 꽤 많은 돈을 모았다. 하지만 점점 자신이 무엇을 그리고 있는지 모르겠단 생각이 들기 시작했다. 그녀는 유학을 떠올렸다.

"네가 갈 수 있겠어?"

스물여섯 살, 유학을 가고 싶다고 말했을 때 당시 남자친구가 한 말이었다. 하지만 윤정은 서른한 살에 어학연수를 떠났고, 서른다섯 살에 영국의 학교에 입학했다.

솔직히 말하면 처음엔 영국에 한번 살아보고 싶다는 마음이 컸다. 어학연수로 영국에 머물던 시절, 수업을 마치고 돌아오던 길에 공원에 멍하니 앉아 누리던 그 순간의 평화로움을 잊을 수 없었기 때문이다. 살면서 한 번도 맛본 적이 없는 여유로움이었다.

'아무것도 하지 않고, 돈을 벌지도 않고 쓰기만 하다니…'

악착스럽게 살아내야 할 필요 없는 일상은 아름다

웠다. 윤정은 그 순간이 감격스러웠다. 그렇게 이십 대의 자신이 번 9천만 원을 삼십 대의 자신에게 투자했다.

스스로 평가하기에 자신은 그림에 대한 재능이 뛰어나거나 특출나게 영리한 사람은 아니었다. 하지만 대학에서 같이 만화를 시작한 친구들 중 결국 지금까지 관계된 분야에 남은 것은 윤정이 유일했다. 그녀는 살아남았다. 그것이 윤정의 능력이었다. 회사라는 곳에서 오너는 '능력자'를 두고 싶어 하지만 실무자는 '편한 자'에 끌린다. 윤정은 자신이 클라이언트에게 후자가 아니었을까 짐작한다. 그 때문에 삼십 대가 지나며 일에 있어 불안해지는 순간도 있었다. 클라이언트의 나이가 자신보다 어린 경우가 많아졌기 때문이다.

'편하게 일을 시키기 불편한 나이가 되는 것은 아닐까? 비슷비슷한 결과물이라면 부리기 쉬운 어린 쪽을 쓰지 않을까?'

그러다 어느 편집자의 한마디에 윤정은 다시 프라이드를 갖게 되었다.

"윤정아, 넌 주제에 대한 공부를 하고 그림을 그리잖니."

그래서 알게 되었다. 더 이상 윤정의 무기는 '부리기 쉬운 것'이 아니다. 이제 그녀의 무기는 '원고를 읽는 능력'이다. 창덕궁에 관한 그림 의뢰가 들어오면 윤정은 일주일 전부터 창덕궁 주변을 산책하고, 관련 텍스트들을 찾아 읽는다. 그런 일에 재미를 느낀다. 그래서 사람들은 그녀에게 그림을 의뢰한다. 글을 그림으로 풀어내는 능력, 그것이 일러스트레이터 윤정의 특출난 점이다.

혼자 작업하는 시간이 긴 프리랜서로 일하다 보면 많은 사람들 속에서도 홀로만 존재하게 될 때가 많다. 문득문득 외롭다 느낄 때마다 윤정은 감정을 나누는 법을 자꾸 연습한다.

먼저 필요한 것은 일상 속에서 감동을 받는 경험이다. 그를 위해서는 일단 밖으로 나가야 한다. 그리고 감동을 경험한다. 예를 들면, 자주 쓰는 물건들은 되도록이면 인터넷 쇼핑몰을 이용하지 않고 직접 구매하러 나가는 일이 그렇다. 커피 원두 같은 것은 반드시 근처 카페를 찾아가 구입하고, 간 김에 카페 주인과 눈을 보며 대화를 나눈다. 드라마처럼 운명적인 관계가 되진 못해도, 적어도 이웃사촌이 될 수 있다. 그렇게 관계가 생긴다.

그와의 대화는 일상의 작은 감동이 되고 그때 마시는 차한 잔, 그 온도, 창밖의 풍경, 음악 소리, 모든 것이 감동이 된다.

아주 작은 감동에서 감정의 화학 작용이 일어나고, 그것이 윤정을 살게 한다.

윤정은 지금보다 나이가 든 후의 자신의 삶도 그리기 시작했다.

좋아하는 사람들이 한 집에 모여 노는 노후를 꿈꾸며, 그녀는 가끔 땅을 보러 다닌다. 당장 땅을 살 돈은 없지만 계속해서 그렇게 되는 상상을 한다. 어쩌면 똑같이 이뤄지지 않는다 해도 상상은 혹시 모를 가능성에 도움이 된다. 미리 알아두고 정보를 모으고 마음의 준비를 하며 내가 무엇을 할 것인가를 구체적으로 알아두는 일, 그렇게 내일을 기다린다.

그리고 지금껏 그랬듯, 앞으로도 찌질하게 살고 싶다. 쿨한 건 무책임하다고, 그건 아무래도 상대에 대한 배려가 없다고 느껴진다. 미련이 많고 정을 뚝뚝 흘리는 사람이 좋다. 그런 사람은 비록 서툴지라도 사람과 사람 사이의 관계에서 노력하고 있으니 말이다.

마지막으로는 덜 착하게 살고 싶다. 대한민국에서 시키는 대로 따르는 주입식 교육이 편하고 익숙한 그녀와 그녀의 친구들은 아무래도 지나치게 착하게 살아왔다 싶다. 무조건 착하다는 것, 그건 슬프지만 자기 생각이 없다는 뜻이기도 했다.

　아마도 머지않은 어느 날, 우리가 착한 마음으로 할 수 있는 대부분의 일들을 로봇이 할 수 있을 것이다. 윤정은 그때가 왔을 때, 자신이 버틸 수 있는 유일한 방법은 자기만의 생각과 철학을 가지는 일이라 생각한다. 그래서 윤정은 다짐한다. 착하려고 애쓰지 않고 마음껏 자신의 인생을 그려보겠다고.

"삶에 대해 생각해야 해.
살아지는 것 말고 살고 싶은 걸 떠올려야 해.
누군가 그려달라는 대로 그린 그림과,
내 생각으로 그리는 그림은 달라.
후자만이 내가 그린 그림의 이유를 설명할 수 있지.
너의 삶을 스스로 설명할 수 있기를.
갓 블레스 유."

직장 사람들

강북에서 강남으로 왕복 세 시간 정도 걸리는 출퇴근을
하며 직장 생활을 하던 때, 지옥철과 만원버스를 탈 때마
다 별의별 상욕이 목구멍까지 차올라 찰랑이곤 했다. 아
무리 팟캐스트를 들어도, 겨우 손을 올려 스마트폰을 들
여다봐도 1분이 한 시간처럼 견디기 힘든 부대끼는 시
간들. 내 주변의 모든 사람들이 독이 바짝 오른 복어처럼
가시를 세우고 누가 건드리기만 해봐라 라는 표정으로,
어디 자리는 나지 않나 싶어 예민한 경계 태세를 갖추고
있었다.

　　그렇게 회사에 도착하고 나면 이미 땀이 나고 허기
가 졌다. 먹고 싶은 마음 반, 이거라도 있어야 버티지 싶
은 마음 반으로 사들인 커피나 군것질거리로 오전을 버
티고, 짜증나는데 맛있는 거 먹어야지 싶어 만 원이 넘는
점심을 먹고 나면, 차라리 점심 안 사 먹고 일 안 하는 게
낫지 않을까 싶은 자괴감도 들고 그랬다. 다시 복귀해서

는 마의 3~4시 졸음과의 사투를 견디고 꼭 5시쯤 알람을 울리는 상사의 미션 임파서블도 칼퇴에 대한 강한 의지로 사력을 다해 파서블하게 만들고 나면 퇴근 시간이 다가왔었다.

반쯤 지워진 화장과 어쩐지 더부룩한 속을 안고 집으로 돌아가는 길, 무조건 앉아 가고 싶은 마음에 사람이 가득 찬 버스 몇 대를 보내다 보면 생각보다 늦게 집에 도착하게 되고 옷을 갈아입고 화장을 지우기도 전에 온몸이 흘러내리듯 이불 속으로 쏟아져버렸다. 그렇게 깜빡 잠들었다 깨면 어느새 새벽, 퇴근 후에 조금이라도 생산적인 여가를 즐겨보려 했던 계획은 이미 물거품이 되어 있고, 지금 깨어 있으면 내일 출근이 걱정되니 그냥 다시 잠이나 자자 싶어진다. 그렇게 하루가, 한 달이, 한 해가 훌쩍 지나가고 대체 나는 뭘 하고 있나 싶어지다가 그조차 생각하지 않게 되는 멍한 날들이 이어진다.

지난 회사 생활을 돌아보면 대강 이런 패턴이었던 듯싶다. 한번 시작된 이상 쉽사리 흐름을 바꿀 수 없어서 그대로 흘러가게 두어버린 반복된 일상이었다.

하지만 이런 패턴은 사실 견딜 만한 수준이었다.

직장 생활의 진짜 어려움은 거의 대부분 사람 때문이었다. 싫든 좋든 같은 공간에 있어야 하는 사람들, 친하지도 멀지도 않게 적당 선을 유지해야 하는 사람들과의 관계 때문에 골치 아픈 대부분의 상황이 벌어진다.

사회생활 초기에는 '동료'와 '친구'를 유사한 개념으로 생각하고는, 내 모든 감정이나 상황들을 필터 없이 교류하곤 했었다. 동료들과 친밀해지고 싶었고 공과 사의 구분 같은 건 애초에 생각조차 하지 않은 채 나를 내보였다. 하지만 얼마 되지 않아 내가 뱉은 말이 나를 공격하는 부메랑이 되어 돌아온다는 사실을 깨달았다.

"평소에 낯을 좀 가리는 편인데 모르는 사람들에게 전화해야 하는 업무가 많아 힘들어요"라는 고민에 깊은 공감을 나타내며 걱정해주던 상사는 얼마 후 나를 혼낼 때 무심결에 이런 말을 내뱉었다.

"그렇게 사람 가리며 일해서 잘할 수 있겠어? 희진 씨는 인간관계가 너무 소극적인 거 아니야?"

너무 쉽게 내보인 나의 마음은 나의 흉이 되어 적히고 있었다.

"뭐 그렇게 대단한 업무를 하는 것도 아닌데, 대신

할 사람은 얼마든 있어."

어떤 상사는 이런 말을 자주 했다. 그는 어떤 순간 이든 감히 자신의 의견을 밝히는 직원을 싫어했다. 명목 상으로는 자유로운 사내 분위기를 추구한다고 말했지만 그가 던지는 질문은 물음이 아니라 통보였다.

"나는 A가 좋은 것 같은데, A와 B 중 무엇이 더 나은 것 같아?"

그런데 아이러니하게도 그 상사는 매번 '자유롭고 창의적인 무언가'를 원했다. 그 무언가가 무언지는 스스로도 알지 못했지만 직원들이 아이디어를 내면 '더 나은 무언가'가 있을 것만 같았다. 무엇이 싫은지 모르겠지만 일단 싫었다. 취향은 없는데 까다로웠다. 그렇기에 애매하게 던져진 '좀 더 재밌는 게 없을까?'로 다시 원점을 반복했다. 무엇인지 모를 그 '재미'를 찾는 과정이 쌓여갈수록 직원들은 지쳐갔고, 상사는 지불하는 돈에 비해 이들이 일하지 않는 듯해 아깝다는 생각을 하기 시작했다.

그 회사를 퇴사한 이후, 그가 여전히 "너희를 대신할 사람은 얼마든 있으니 늘 긴장하고 일하라"고 직원들에게 말하고 있다는 소식을 들었다. 웬만하면 사회 경험이 거의 없어 세상물정 모르고, 천성적으로 싫은 소리 같

은 건 하지 못하는 어리고 순한 직원만을 찾아 고용하고
있다는 이야기도 들었다.

　　사회생활에서 만나는 사람과 사람 사이의 관계는
조금 알겠다 싶다가도 금세 또 모르겠다. 마치 계속해서
더 센 악당이 나오는 게임과 비슷하다. 한 명을 극복했다
싶으면 또 다른 돌연변이가 등장해 속을 뒤집어 놓는다.
　　유일하게 깨달은 것이 있다면 회사 내 인간관계는
친절하되 깊어지지 말 것, 상대를 내 상식으로 이해할 수
있을 것이라 스스로를 과신하지 말 것, 그렇게 이해를 포
기한 사람이라고 해도 절대 적으로 돌려서는 안 된다는
것쯤이다.
　　그래, 세상은 본래 앞뒤가 맞지 않는 것이라 생각하
면 비로소 마음이 편해진다.
　　행복을 말하는 책은 일상의 불행 위에 쓰여지고, 사
람을 말하는 회사는 직원에게 한껏 무례하며, 꿈을 이뤄
준다던 누군가는 타인의 간절함을 먹이로 괴물이 되기도
한다. 세상의 일들은 그냥 되는 대로 마구 이어 붙인 어
젯밤 꿈처럼, 애초에 말이 안 된다.
　　나의 좁은 경험으로 더할 수 있는 한마디는, 회사

생활에서 평온한 인간관계를 유지하고 자신의 건강을 지키려면, 누군가를 이해하려고 하지 않는 쪽이 현명하다는 것이다. 이해할 가치 없는 사람들, 그들을 싫어하는 에너지조차 낭비하지 않는 편이 낫다는 정도이다.

누군가 말했다.
직장 다니는 거, 힘드니까 돈을 받는 거지.

하지만 이 상처까지 내가 선택한 것이라 생각하기엔
억울해서 잠이 오지 않을 때가 많았다.

속상한 날엔 그 사람들은 내쳐두고
그냥 내 일을 하자.
하지만 더 이상 못 버틸 때까지 일하지는 말자.

내가 내 마음을 지키는 일보다
더 중요한 것은 없다.

나의 빈 곳 ( )

어느 날, Y가 말했다.

"저는 사실 심각한 쫄보예요."

그 순간 어쩐지 그녀를 많이 알게 된 기분이 들었다.

결핍이 느껴지는 사람에게는 마음이 간다. 거리가 좁혀 든다. 나는 당신의 빈 곳을 사랑한다.

하지만 나의 빈 곳을 내어 보이는 일은, 쉽지가 않다. 섣불리 내어 보였다가 혹여 그것이 미움받는 이유가 될까 겁이 난다. 나는 나의 빈 곳을 사랑하지 못했다.

'온전한 나를 계산 없이 내보였던 적이 있던가?'

가끔 사람들이 말하는 나는 진짜 내가 아닌 것 같은데, 그렇다고 내가 아는 그대로의 나를 내보이기에는 용기가 부족했다. 정말 숨기고 싶은 이야기는 아예 말조차 꺼내기 무서워서 나조차 외면하며 덮어두었다. 입으로 뱉을 수 있는 콤플렉스는 이미 콤플렉스가 아니었다.

진짜는 쳐다볼 수조차 없게 깊지만, 계속 마음 쓰이게 하는 어떤 곳에 있었다.

내가 발이 260이라는 사실이 그랬다. 내가 가진 몸의 숫자들은 모두 평균보다 넘쳤다. 나의 키가, 몸무게가, 발 사이즈가 그랬다. 그 모든 게 나의 말할 수 없는 비밀이었다.

초등학교 시절부터 또래보다 늘 머리 하나는 우뚝 솟아 있었다. 그래서 체육 시간마다 키 순서대로 줄을 서면 짝이 없을 때가 많았다. 함께 어깨를 마주잡고 동작해야 하는 체조 시간에 홀로 가상의 짝을 잡은 척 따라 하던 때를 회상하면 아직도 머쓱한 기분이 든다. 둘씩 기록을 세주며 윗몸 일으키기를 할 때도 나만 선생님과 짝을 이루는 것이 영 불편했다. 언제나 "선생님, 전 짝이 없는데 어떡하죠?" 같은 질문을 하지 않아도 되는 중간 번호가 되고 싶었다.

중학교 때 한창 유행하던 발등에 끈이 달린 구두를 사러 갔을 때도, 나는 뻘쭘하게 눈에 들어오지도 않는 구두들을 만지작거릴 뿐이었다. 발이 230, 235인 친구들이 마음껏 신발을 신어볼 때 구두는 불편해서 잘 못 신는다고 말했지만, 사실 친구들과 똑같은 구두를 맞춰 신고 싶은 마음이 굴뚝같았다. 그러나 기성 여성화의 사이즈는 기껏해야 250까지였다. 엄마가 수소문 끝에 찾아낸 수제화 가게에는 친구들과는 전혀 다른 노티 나는 디자인밖에 없었다. 신발을 벗고 들어가야 하는 실내에 갈 때는 친구들 것보다 훨씬 큰 내 신발이 늘 신경 쓰였다. 발바닥에 신발 사이즈가 적혀 있기라도 하면 검정 매직으로 지워버렸다. 나도 마음껏 기성품을 고를 수 있는 몸의 숫자를 갖고 싶었다.

대학에서 댄스 동아리를 하던 시절에는 다 같이 중절모를 쓰고 무대에 서기로 한 적이 있다. 하지만 준비된 모자 중 내 머리에 맞는 것은 없었다. 결국 어느 아침 수업을 빼먹고 동대문 시장을 헤매며 큰 사이즈의 모자를 구해 친구들의 모자 속에 슬쩍 끼워 넣었다.

이제 와서 이런 이야기를 친구들에게 하면 시트콤 속 소동에 빠진 주인공처럼 깔깔거리며 웃고 넘길 에피소드에 지나지 않을지도 모른다. '머리가 커서 슬펐던' 별것 아닌 이야기일 수 있지만, 당시에는 '나만 왜 다를까'로 존재의 근원을 묻게 되는 슬픈 사건이었다. 인생은 가까이서 보면 비극이지만 멀리서 보면 희극이라고 하는 것처럼.

　몸무게가 콤플렉스였던 나는 늘 비슷한 화제만 나와도 가슴이 두근거렸다. 몸무게의 'ㅁ'만 나와도 행여 초점이 나한테 쏠려 '나한테 뚱뚱하다고 그러는 거 아닐까?' 싶어 속으로 겁이 났다. 콤플렉스는 아물지 않은 상처 같아서 근처에만 가도 아프고 쓰렸다. 아무렇지 않게 스치는 말들이 마음의 상처가 되었다. 체격이 좋네, 든든하게 생겼네, 같은 말들이 제일 듣기 싫었다.

　옷 사이즈가 66 이상, 발 사이즈 250 이상, 허리 사이즈 29 이상인 여자는 끊임없이 죄책감에 시달려야 했다. 사회 규격에서 벗어난 돌연변이 같은 기분으로 의류 매장에 들어설 때마다 위축되었다. 가끔 "저희 매장엔 손님에게 맞는 사이즈가 없을 텐데요"라고 직접적으로 말하는 이도 있었다. 그럴 때면 남의 잔치에 초대받지 못하고 찾아온 손님마냥, 고개를 푹 숙이고 하릴없이 옷을 뒤적이다 소리 소문 없이 매장을 떠나곤 했다. "제 돈 주고 제가 옷 사겠다는데. 왜 그딴 식으로 말하세요?" 무례한 점원에게 해야 했던 말들은 언제나 뒤돌아선 후에 떠올랐다.

그러다 서른 즘 홀로 떠난 유럽 여행에서 나는 여자 신발도 270까지 나온다는 사실을 알게 되었다. 머리 크고 나서는 거의 처음으로 신발 가게에서 마음껏 신발을 신어보며 어쩐지 시스템에 받아들여진 기분이 들었다. 이후로 한국에 돌아와서도 빅사이즈 여성 슈즈를 파는 인터넷 사이트를 알게 되었고, 해외 직구로 내 몸에 맞는 사이즈를 찾아 입게 되었다. 다수의 친구들보다는 조금 더 불편한 과정을 거쳐야 하는 것은 여전했지만, 내 몸의 숫자가 받아들여지는 창구를 발견한 이후로 나는 한결 자유로워졌다. 정해진 기성 사이즈에 내 몸을 맞추지 못하는 것에 대한 죄책감이 줄어들었다. 사이즈는 내가 맞추는 것이 아니라, 내게 맞는 것을 찾아야 하는 것이었다.

어느 날 나는 Y에게 말했다.
"사실 발 사이즈가 260이야."
Y는 말했다.
"그래서?"
말할 수 없던 나의 비밀들은 정작 타인에게는 그냥 그런 일이었다.

어떤 상처는 응시하는 것만으로 치유가 시작된다. 보기 힘든 것. 아픈 것. 부끄러운 것을 제대로 마주하기까지는 아주 큰 용기가 필요하겠지만, 상처를 꺼내 말하는 순간 그것은 제 무게를 덜기도 한다.

괴롭고 슬퍼도 나의 빈 곳을 똑바로 바라보기로 했다. 입에 담아 꺼내고 아무렇지 않게 내보이기로 했다. 내 몸의 숫자들이 어디서부터 잘못된 것인지 한참을 생각해봐도, 결국 아무것도 잘못된 게 없다는 결론을 내렸다. 그냥 그렇게 될 것이 그리 되었을 뿐이었고, 나의 빈 곳은 내가 타고난 것들과 살아온 날들의 합작일 뿐이었다.

내가 살이 쪄서, 키가 너무 커서, 발이 커서 사랑받지 못하면 어쩌나 전전긍긍했지만 설사 그런 이유들로 나를 싫어한다 해도 어쩔 수 없는 일이었다. 직접 만난 열 명의 사람 중 단 한 명이라도 나에게 호감을 가져준다면 얼마나 다행일까, 그것만 생각하기로 했다.

물론, 여전히 다이어트를 입에 달고 산다. 다만 이십 대 시절과 달라진 점이 있다면 미용 목적 외에 건강 목적이 더 강해졌다. 건강한 방식으로 나의 외모를 일으

켜 세우겠다는 다짐은 앞으로도 후퇴와 전진을 반복하겠지만, 그 안에서 타고난 나를 부정하며 괴로워하지는 않기로 했다.

어쩌면 콤플렉스라는 것은 극복하는 것이 아니라 무뎌지거나 내보이는 것이 아닐까 한다. 내가 없애기로 마음먹은 나의 모난 곳은 '예쁘지 않은 나'가 아니라, '나를 예뻐하지 않는 마음'이었다.

아팠지
괜찮아

오늘밤
오래도록
혼자 아팠을 당신의 상처를
위로하고 싶다.

2

a night with you

나와 당신의 도시

서른 이후에 오는 사랑

잠들지 못하는 새벽, 텔레비전에서 추억의 드라마 〈내 이름은 김삼순〉이 흘러나온다.

주인공이 갖고 싶었던 이름 '김희진'이 나와 동명이란 사실에서부터 애정을 갖기 시작해 기필코 본방을 사수하며 빠졌던 드라마는 10년이 훨씬 지난 후에도 여전히 몰입하게 하는 마성이 있었다. 어쩐지 한 편으로 끝내기는 아쉬워 1화부터 정주행을 시작하는데, 한 가지 충격적인 사실을 깨닫게 되었다. 노처녀의 대명사라 생각했던 삼순이가 고작 서른 살이었다.

쿨하고 멋져 보이던 가끔 세상 고민을 다 짊어진 듯하다 씩씩하게 돌파해냈던 '언니' 삼순이는 고작 보송보송한 서른이었다. (두 번 말한다.)

사실 최근 들어 노처녀가 주인공인 드라마나 영화가 좀 고루하다는 생각이 들기 시작했다. '노처녀'라는 단어 자체가 불편하기도 하다. 아마도 조만간 생명력을 다할 단어가 아닐까 싶다. 도대체 몇 살쯤부터 처녀 앞에 늙을 노자를 붙여야 하는지도 모르겠고, 이 단어 안에 들어 있는 '모든 여성은 결혼을 해야 한다'라는 전제도 동의하지 않고, 노처녀와 함께 연관 검색어로 등장하는 히스테리컬한 이미지들도 성의 없이 답습한 오해들로 보인다.

불리는 호칭에서부터 편견이 가득한, 서른이 훌쩍 넘은 여성은 각종 드라마나 영화에 심심치 않게 등장해 어딘가 안쓰럽게 그려지곤 한다. 혹은 자기 의견을 당당히 말하는 모습이 '센 언니'라는 한 단어로 퉁쳐지기도 한다. 다분히 부정적인 뉘앙스로 기센 여자라고 불린다.

드라마와 영화 속의 삼사십 대 싱글 여성은 얼핏 나와 비슷하다 느낄 만큼 무척 현실적이다. 연애만 빼고 그렇다. 이야기는 대개 이런 식으로 설명된다. '진정한 사랑을 꿈꾸는 노처녀의 좌충우돌 고군분투기'.

막돼먹은 영애씨의 인생이 아무리 고달프다 해도 주변의 모든 남자가 그녀를 흠모하고 있고, 삼순이에게는 티격태격하지만 멋진 연하 사장님이 있다. 몇 해 전,

10년 만에 돌아왔던 브리짓 존스 언니도 결국은 결혼과 노산으로 인생의 행복을 찾았다. 그렇게 이야기 속의 그녀들은 어떤 직업을 가졌든, 어떤 상황에 놓였든, 결국 '사랑' 혹은 결합으로 '완전한 행복'에 도달한다.

서른에 이르자, 내 삶에서도 어느 순간부터 상대를 만나기도 전에 '결혼'이란 전제가 붙는다. 특히 주어지는 소개팅 혹은 선의 기회에서 상대를 소개받는 말의 대부분은 '결혼 상대자'로서 장점 같은 것들이다.

최근 패키지 여행을 다녀오신 부모님은 여행지에서 만난 부부에게 아직 결혼 안 한 내 또래의 한의사 아들이 있다는 소식을 전하며 묘하게 기뻐하셨다. 그리고 마침 그 한의원이 우리 집에서 멀지 않으니 자연스럽게 방문해보는 것은 어떠냐 권하셨다. 그렇게 인연이 시작될지 누가 아느냐면서 말이다.

아무래도 드라마를 너무 많이 보셨거나, 딸의 의지를 너무 과대평가하신 듯하였다.

나이가 들면서 어느 순간 자연스럽게 알고 지내는 사람이 줄어들고, 그나마 인위적으로 마련한 만남의 기회도 줄어든다. 내 또래의 마땅한 상대들이 하나둘씩 시장에서 사라진 탓도 있고 주선자가 부담 없이 소개해주기에는 적절치 않아지는 점도 크겠지만, 어차피 일회성이 될 가능성이 높은 만남에 돈과 시간, 에너지를 쓰고 싶지 않은 염세적인 마음도 크다.

삼십 대 여성이 혼자인 것은 보기 불편한 미완성의 상태일까? 결혼이란 결말로 향해 가는 고된 과정일 뿐인 걸까?

평생 시답잖은 농담을 주고받을 속 깊은 친구가 있었으면 좋겠다는 생각은 품고 있지만 그렇다고 결혼, 아이로 이어지는 엔딩으로 도달하고 싶은가?에 대해 진지하게 생각해보면 솔직히 '그다지'란 생각이 든다.

그렇다고 딱히 비혼주의자는 아니다. 언제든 결혼을 염두에 두고 있고 그것의 가치는 매우 위대하다고 여긴다. 다만 그냥 지금 이대로의 삶에 만족하는 독거젊은이로서, 2가 되지 못한 불완전한 1이 아니라 나름 이 자체로 괜찮은 1이라는 사실을 밝히고 싶다. 2가 되면 좋고 아님 말고. 서른 이후에 오는 사랑의 큰 조각이 어쩌면 밖을 향하기보다 그저 나를 향하고 있는 까닭일지도 모른다.

물론 지금까지 한 이야기는, 어머니 들으시면 등짝 맞을 '결혼할 생각은 안 하고 내뱉는 쓸데없는 소리'였다.

"그냥 알게 되었어. 특별한 계기가 있었던 것은 아니고…"

대학 시절부터 알고 지낸 친구, 조나단이 말했다. 그녀가 동성애자임을 자각한 것은 언제부터였냐는 질문에 대한 답이었다. 하고 나서야 멍청한 질문이었다는 생각이 들었다. 좋아하는 일에 대단한 이유란 없다.

오늘의 인터뷰에 이름은 어떻게 할지 물으니, 조나단이라고 써달라 했다. 소설 《갈매기의 꿈》에 나오는 이름인데, 오래 전부터 좋아했단다. 그렇게 조나단은 자신과 자신이 좋아하는 것, 그리고 선택한 것에 대한 이야기를 시작했다.

조나단은 2년 전, 부모님에게 커밍아웃을 했다. 이십 대까지만 해도 절대 일어나지 않으리라 여겼던 일이었다. 그렇게 생각한 데에는 세 가지 이유가 있었다.

첫째, 현재의 평온한 집안 분위기에 굳이 분란을 일으키고 싶지 않다.

둘째, 남동생도 게이인데 이 사실은 부모님이 어렴풋이 알고 있다. 그런데 딸까지 커밍아웃을 한다면, 혹여 남매의 성적 취향이 자신들의 잘못이라고 자책하게 될지도 모른다.

셋째, 아마도 부모님은 딸이 동성애자라는 사실을 받아들이지 못할 것이고, 알게 될 경우 그들의 인생이 불행해질 것이다.

하지만 나이가 들면서 위의 이유들에 변화가 생겼고, 그렇다면 자신의 정체성이 굳이 비밀로 간직할 일만도 아니라는 생각이 들었다.

첫째, 본가에서 독립해서 생활하기 시작하며 공간적인 분리가 심리적인 분리도 야기했다. 내 기준에서 부모님과 함께 살던 공간은 더 이상 '집 안'이 아닌 '집 밖'이었기에 집 안의 평온을 유지하기 위해 비밀을 유지할 필요성이 적어졌다. 덧붙여 내가 나를 먹여 살리며 삶을 꾸려가다 보니 부모님의 소중함과 그간의 노고를 진심으로 감사하게 되었다. 그간 당연하다 여겼던 모든 일들이 얼마나 대단하고 고마운 희생이었는지 알게 되었고 그분들에 대한 인간적인 연민과 존경심을 품게 될수록 더더욱 속일 수 없다는 생각이 들었다.

둘째와 셋째, 동생이 군대에 있을 때 부모님께 제대하면 할 이야기가 있다고 편지를 썼는데 그 내용 안에 자신이 게이라는 사실이 직접적이진 않지만 충분히 짐작할 수 있도록 담겨 있었다. 이후로 예고했던 고백은 제대로 이뤄지지 못했지만, 동생이 게이라는 사실은 가족 내 묵인된 진실이 되었다. 그런데 이에 대해 부모님은 동성애는 정신병이라거나 하는 오해를 하지 않았다. 절연을 한다거나 극단적인 거부 반응을 보이지도 않았다. 나의 부모님은 자식이 동성애자라는 사실을 이해할 수 있을지도 모른다는 가능성을 보았다.

이렇게 커밍아웃을 막던 나름의 이유들이 정리되었다. 하지만 이런 생각을 하고 난 뒤에도 진실을 전할 수는 없었다. 이미 부모님께 커밍아웃을 한 친구들의 조언을 듣고, 성소수자 부모 모임 등의 관련 워크숍에도 참여했다. 역할극 형식으로 미리 시뮬레이션을 해보기도 했다. 충분한 이론적인 준비가 필요했다.

동시에 스스로의 마음도 다잡았다. 많은 성소수자들이 커밍아웃 후에 부모님이 따뜻한 말을 하며 이해해 주기를 내심 기대하다가 그렇지 않아 상처받는 경우가 많았다. 하지만 입장을 바꿔 생각해보면 나의 성 정체성을 내가 받아들이는 데에도 꽤 많은 시간이 필요했는데, 사전에 아무런 정보도 없는 부모님이 단숨에 받아들이는 게 오히려 말이 안 되었다. 그러니 시간이 많이 걸릴 것을 당연히 예상하고 절대 울지 말고 담담하게 이야기해야지, 부모님이 걱정될 만한 요소가 남지 않도록 미리 충분한 답변을 준비해야지, 굳게 마음을 먹었다.

디데이는 여름휴가로 잡았다. 휴가 때 말씀드리면 만약 결과가 안 좋아도 스스로 다독인 후에 다시 회사에 출근할 수 있을 것 같아서였다. 그리고 마침내, 다 같이 식사를 마치고 과일을 먹을 때쯤, 조심스레 이야기를 꺼냈다.

"나는 레즈비언이야."

잠시의 침묵이 흘렀다.

"그런데 혹시라도 나나 동생이 이런 성향을 가진 것이 혹여 태교가 잘못 되었다거나, 양육에 문제가 있어서가 아닐까 자책하진 말아요. 누구의 탓도 아니고 그냥 내가 그럴 뿐인 거예요. 그동안 잘 키워주셔서 감사해요. 전 지금도 잘 살고 있고 앞으로도 잘 살 거예요."

조나단은 구체적으로 자신의 인생을 제대로 살기 위해 어떤 준비들을 해왔고 앞으로 어떤 계획을 가지고 있는지 전했고, 성소수자 부모님을 위해 제작된 각종 자료도 전했다.

칙…탁

이야기가 끝나자마자 조나단의 아버지는 텔레비전을 트셨다.

서로 간의 얼굴을 제대로 쳐다볼 용기가 나지 않는 어색한 공기가 거실을 가득 채웠다. 하지만 진실을 꺼낼 용기를 냈다면, 그 진실이 전달되는 반응을 지켜볼 인내와 끈기도 필요한 법이다. 조나단은 그 침묵을 침착하게 견뎠다.

걱정했던 어머니는 생각보다 빨리 받아들이셨다. 그날 이후 어머니를 통해 간간이 아버지 소식도 들었는데, 조금씩 좋아지는 중이라는 이야기가 돌아왔다. 그리고 얼마의 시간이 지나자 조나단이 활동하고 있는 '행동

하는 성소수자 인권연대'에 대해서도 관심을 보이셨다고 했다. 그 자체가 긍정적인 신호임이 분명했다.

조나단 외에도 30대 이상의 성소수자가 부모님이나 주변 사람들에게 커밍아웃하는 경우는 적지 않다고 한다. 개개인별로 이유나 방법은 조금씩 다르겠지만 자신의 정체성에 대한 완전한 확신, 그리고 내 삶에 대한 자기 신뢰 같은 것을 꾸준히 쌓아온 결과일 것이다.

조나단은 커밍아웃 이후 달라진 점이 있다면, 불필요한 거짓말을 하지 않게 되었다는 점이라고 했다. 전에는 애인과 데이트가 있을 때, 다른 이유를 댄다거나, 해도 될 말 아닌 말을 고르거나, 이전에 뱉었던 어떤 말을 기억하고 있다거나 하는 일상적인 거짓이 필요했는데 이젠 그럴 필요가 없어 한결 가벼워졌다.

"언니는 부모님을 믿었어요? 어떤 상황에서도 언니를 지지해줄 것이라고요." 내가 물었다.

"나 자신을 믿었지. 오랜 시간을 들여 준비했고, 혹시 좋지 않은 반응을 얻더라도 제대로 사는 모습으로 다시 신뢰를 구축할 수 있다는 자신감이 있었던 거야. 나는 나의 믿음을 허락 받으려던 게 아니었어. 그저 전달하려 한 거지."

조나단이 답했다. 나는 마지막까지도 멍청한 질문만 하고 있다는 생각이 들었다.

"언젠가는 뭐가 될지 스스로 결정해야 돼. 절대 그 누구도 그 결정을 너 대신 해줄 수 없어. 그 결정을 남에게 맡기지 마."

조나단의 대답에 영화 〈문라이트〉의 한 구절이 떠오른다. 그래, 자기 자신이 어떤 사람인지, 내가 진짜로 원하는 게 무엇인지는 누군가에게 물어 평가받을 수 있는 문제가 아니었다. 그저 용기를 내어 나를 드러낼 뿐, 선택은 온전히 나만의 것이었다.

네가 가진 어떤 것 때문이 아니라,
어떤 것도 너라서 좋은 거니까.

작지만 우주만큼 중요해

세 살 위의 언니가 하는 일이라면 뭐든 따라하며 자랐다.
나에게 있어 언니는, 이길 수 없어 얄미운 경쟁자이자, 그
럼에도 닮고 싶은 롤모델이자, 삶의 선택의 기로에 놓였
을 때마다 기준점을 잡게 되는 모범답안 같은 존재였다.

하지만 대학에 들어갈 무렵까지 대략 비슷했던 우
리의 삶은 눈치 채지 못하는 사이에 점점 간극이 생겼다.
언니는 교대에 다니며 휴학 한 번 없이 졸업해 곧바로 초
등학교 선생님이 되고 서른 넘지 않게 시집을 가서 아이
셋의 엄마가 되었다. 'FM 라이프 맏딸'이라는 수식이 어
울리는 성실한 삶이었다. 그동안 나는 근근한 벌이의 불
안정한 이직과 취직을 반복했고, 서른 중반이 되도록 결
혼의 ㄱ자도 꺼낸 적이 없어 부모님에게 '니가 제일 걱정
인 자식'으로 입지를 굳건히 다져왔다.

"결혼을 통해 여자는 불안정이 시작되지."

그런데 얼마 전, 막내에게 젖을 먹이며 수다를 떨던 언니가 이런 말을 했다. 버뮤다 삼각, 아니 독박 육아 지대에서 7년째 거주하는 얼굴에 삶의 고단함을 넘어선 해탈의 기미마저 비치기 시작한다고 느끼던 순간이었다.

언니는 나름 화려한 이십 대를 보냈다. 일찍 취업한 덕에 경제적 안정이 빨리 찾아왔고 그것은 인생을 즐기기에 매우 훌륭한 조건이었다. 배우고 싶은 것을 배우러 다녔고, 먹고 싶은 것을 먹었다. 방학 기간이 오면 부지런히 해외여행을 떠났다.

"직장 생활이 7년 정도 되니까 매너리즘이 오더라. 새로운 걸 해보고 싶어지고… 이십 대 후반쯤 되니 주변에서 하나 둘 결혼하고 아이를 낳기 시작했어. 그동안 남들 사는 것처럼 해왔으니, 결혼과 출산도 생각하게 됐어."

어디서든 모범생이었던 언니는 자신의 삶도 모범적으로 가꾸기 위해 매 순간 최선을 다했다. 하지만 아이를 키우며 가장 먼저 깨달은 사실은, 인생에서 '계획대로 되지 않는, 노력해도 뜻대로 이룰 수 없는 일'도 존재한다는 사실이었다. 주어진 과제를 성실히 수행하고 언제나 열심히 한 만큼의 결과를 얻어왔던 삶에서, 육아는 이전까지의 공식이 적용되지 않는 예상 외의 사건이었다.

또한, 더 이상 '내키는 대로 삶을 선택할 수 없다'는 변화를 깨닫게 된 지점이라고도 말했다. 아이를 낳고 나니 삶에서 '갑자기'라는 말이 사라지더라고, 모든 일상이 아이 중심의 계획이 필요하게 되더란다.

"그래도 가끔은 육아가 인생의 쉼표처럼 느껴지기도 해. 물론 육체적으로는 절대 휴식일 수 없지만, '나'라는 사람에 대해서는 확실히 돌아보는 계기가 되니까."

조만간 복직을 준비하는 언니에게 사회생활을 다시 시작하는 데 두려운 점은 없느냐고 물었다. 자그마치 7년, 짧지 않은 시간이었으니 말이다.

"아이를 키워본 경험은 교사로서는 다행이라고 생각해. 학부모와 학생들의 마음을 머리가 아닌 가슴으로 이해할 수 있게 되었으니까. 복직을 생각했을 때 여러 가지 두려운 점이 있지만, 대부분은 집에 두고 가야 하는 아이들에 관한 것이지 내 실력에 대한 의심은 아닌 것 같아. 나는 일을 잘할 자신은 있어.

육아를 하면서 문득 내가 이러려고 대학원까지 다녔나 싶은 생각이 울컥 올라올 때도 많았어. 하지만 동시에 아이의 성장기를 함께 해주고 싶은 마음도 간절하니까,

나를 키우고 싶은 마음과 아이를 키우고 싶은 마음이 자꾸 부딪히는 거야."

얼마 전 둘째를 데리고 문화센터 수업을 듣던 언니는 또래 엄마와 이런저런 이야기를 나누다 화제가 복직에 미쳤다고 한다. 그런데 복직할 계획을 나누던 두 엄마의 이야기를 듣고 있던 노인 한 분이

"애가 셋이라면서 복직은 무슨! 집에 들어앉아 애나 키워야지."

하는 바람에 속이 확 상해버렸다는 이야기를 했다. 적은 언제나 예기치 못한 순간에 등장해 의외의 상처를 남겼다.

"엄마, 아내, 며느리, 그런 것들로 살아야 하는 게 답답하지는 않아? 그냥 '나'로 살지 못하잖아, 괜찮아?"

내가 물었다.

"결혼을 한 여자가 독립적으로 자신의 인생을 만들어간다는 것은 애초에 성립할 수 없는 모순된 가치일지도 모르겠어. 내가 의식하지 않아도 자연스레 가족이 먼저가 되니까. 살림이나 육아를 완벽히 분담해주는 인력

을 고용할 수 있다면 어느 정도 나만의 인생이 가능할지도 모르지만, 그건 경제적으로 거의 불가능한 일일 테고. 하지만 분명히 나만의 시간은 필요해. 그것이 없다면 엄마로서도, 아내로서도 무너지고 말거야. '독립적인 삶'까진 사치이더라도 일단 살기 위해서 혼자 있을 시간이 조금은 있어야 해."

언니는 자기 자신을 지키기 위해 책상만큼은 반드시 사수하고 있다고 말했다. 가로 120센티미터, 폭 60센티미터의 면적. 그건 집 안에서 유일하게 언니만을 위한 우주였고, 일종의 존재가치였다. 글을 쓰거나 낙서를 하는 동안, 하다못해 아무것도 하지 않고 앉아 있더라도 온전히 나 자신으로서 존재하는 시간이었다.

그리고 언젠가 너도 결혼을 하게 된다면 '자신만의 시간과 공간 그리고 비상금 통장'은 꼭 가지라고 말해주었다. 결혼 후에는 나를 위한 투자에 대해 누가 뭐라고 하기 전에 스스로 느끼는 죄책감이 생기기도 한다며, 때로는 가사 노동의 가치를 자기 자신이 가치절하하며 초라해질 때가 있으니 그럴 때 자신을 지키기 위해 많든 적든 '내 돈'을 가지고 있는 것이 좋다고 했다.

"내 인생의 화두는 나만을 위해 사는 것에서 나를 잃지 않는 것으로 변화했어. 그러다 보니 자연스레 육아에 대한 태도도 바뀌더라. 첫째를 낳았을 때는 온갖 육아서를 독파하며 '엄마는 ~해야 한다'에 갇혀 있었다면, 이제는 '엄마가 행복해야 아이도 행복하다'라고 생각해. 육아도 좀 더 내 중심으로 생각하게 되었어. 그래서 사십, 오십 대가 되어 딸들이 '엄마처럼 살고 싶다'는 생각을 한다면 기쁠 거야. '엄마처럼은 살고 싶지 않다'가 아니라…"

무슨 수를 써서라도 여행하고 빈둥거리며
세계의 미래와 과거를 성찰하고
책을 읽고 공상에 잠기며 길거리를 배회하고
사고의 낚싯줄을 강 속에 깊이 담글 수 있기에 충분한 돈을
여러분 스스로 소유하게 되기 바랍니다.

- 버지니아 울프, 《자기만의 방》에서

기승전결혼입니까?

상황 1)

나: "엄마, 어제 누리를 만났는데 말이야."

어머니: "누리는 벌써 시집가서 애도 둘 낳고 잘 산
        다며, 너는 언제 출발해서 따라잡을래?"

상황 2)

(같이 식사를 하던 중에)

나: "오이소박이가 맛있게 되었네."

어머니: "입에 달고 맛있는 건 조금만 먹어. 살 빼고
        시집가야지."

상황 3)

(같이 일일 연속극을 보던 중에)

나: "완전 재밌네."

어머니: "이런 드라마나 보고 있지 말고, 나가서 얼
        른 결혼할 남자를 찾아야지."

어머니와의 대화는 대부분 기승전결혼으로 마무리된다. 화두가 어디에서부터였는지는 크게 상관이 없다. 한번은 안산에 사는 이모들의 안부를 물었다가, 안산(집 근처의 뒷산)에 좀 다니면서 몸을 만들어 시집갈 준비를 하라는 답이 돌아왔다. 네가 무슨 말을 하든, 대화의 결말은 정해져 있다는 식이다.

그 마음을 모르는 바 아니지만 내가 딱히 해줄 것이 없어 늘 송구할 뿐이다. 효심으로 결혼을 할 수도 없는 노릇이다.

얼마 전 어머니는 공무원 남편의 외조를 받으며 집 필했다는 한 유명 소설가의 인터뷰를 읽은 후, 연락을 하셨다. 요지는 이제 더 이상 자력으로 안정을 찾기 어렵다면 그런 남편이라도 제발 좀 만나라는 것이었다. 다작을 할 생각보다 다산을, 아니 백번 양보해서 노산이라도 서둘렀으면 싶은 바람을 내비치셨다.

결국 나는 몇 년 간 대처용으로 써먹었던 농담을 또 꺼낸다.

"시집을 가느니 시집을 내는 게 빠르겠어."

나는 내 자신을 온전히 책임질 수 있을 때 결혼을

하고 싶다. 상대를 부양하는 자비까지 베푸는 것은 무리라도 적어도 내가 경제적으로, 정신적으로 누군가에게 기대지 않는 결혼을 원한다. 결혼은 어느 한쪽이 다른 쪽에 속하거나, 혹은 불완전한 반쪽이 모여 하나를 만드는 일이 아니라 생각하기 때문이다. 나에게 결혼은 온전한 하나와 하나가 만나 두 명의 공동체를 이루는 일이다.

76세 비혼주의자 할머니의 기사를 접했다. 당연히 해야 할 결혼을 아직 하지 않았다는 의미가 담겨 있는 '미혼(未婚)'이란 단어를 본인의 선택으로 결혼하지 않았다는 의미의 '비혼(非婚)'으로 바꿔 부르기 시작한 역사가 그리 오래되지 않았는데, 1960년대의 안 봐도 뻔한 남존여비 왕국 속, 여성의 평균 결혼 연령이 20세였던 시기에 이십 대를 보낸 분이 자신의 가치관을 지켰다는 점 자체만으로 대단해 보였다. 아마도 내가 경험한 결혼 압박의 수십 배, 수백 배쯤 시달리셨을지도 모를 일이다.

할머니는 기자, 시민단체 활동가, 국회의원 비서관 등으로 일하며 누구보다 열심히 일하셨다고 한다. 결혼을 하지 않았다는 이유만으로 미성숙한 인간으로 치부되기 쉬운 사회였기에, 누구에게도 만만히 보이지 않도록 더욱 치열하게 일해오신 것이다.

그렇다고 할머니가 결혼 자체를 부정하는 것은 아니다. 다만 완벽히 자신이 선택할 문제이기에 결혼의 적령기라는 것은 애초에 존재하지 않는다고 말한다. 일찍 해야 행복하고 늦게 하거나 안 한다고 불행한 것도 아니니, 진짜 원할 때 결혼하라고 말이다.

　　그 선택이 멋지다. 결혼을 안 해서가 아닌 결혼을 선택해서이다. 온전히 자신의 뜻대로 살아오셨고 그 선택을 당당히 말씀하실 수 있으니 얼마나 멋진가.

　　《결혼을 묻다》라는 단행본을 쓸 때, 인터뷰이가 했던 말이 생각난다. 결혼은 선착순으로 자리가 주어지는 극장에 입장하는 일이 아니라고, 불이 꺼지고 영화가 곧 시작할 것 같다고 해서 불안해하며 아무 자리나 급하게 앉을 필요는 없다는 말을 해준 언니가 있었다.

　　그러니 나에게 너무 기대하지도 그렇다고 포기하지도 말아주었으면 하는 심정이다. 삼십 대, 주변 사람들의 결혼 및 육아, 출산의 러시 속에서 가장 중요한 것은 자신다운 속도를 믿는 것. '남들처럼'을 위해 서두르지 않고 '나답게' 평소처럼 살아내 볼 수 있도록, 내 인생의 기승전결에 대해 먼저 묻지 않아주었으면 싶다.

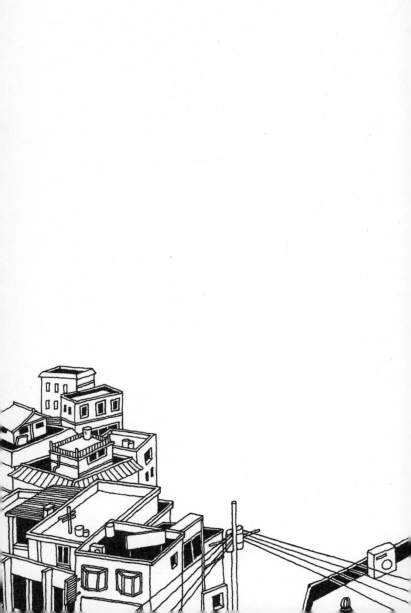

결혼하지 않은 나는
아쉬운 소리를 듣지 않으려
더 열심히 하고 있습니다. 일에는 빈틈이 없이
먹고살 만큼의 돈을 벌며
여행과 문화생활도 즐기며
혼자 충분히 재미나게 살고 있어요를
증명하고 싶은 마음도 있습니다.
하지만 사실은, 이렇게 애쓰지 않아도 되는
세상이 오면 좋겠다고 생각해요.

함께의 형태

친구 셋이 만나 수다를 떤다. 한 명은 아이가 둘이고, 나를 포함한 둘은 아직 미혼이다. 결혼한 친구가 자연스럽게 아이들 이야기를 시작한다. 기분 좋게 장단을 맞추듯 칭찬을 건네며, 나도 조카 이야기를 꺼낸다. "최근에 이를 뺐어" 같은 성장 소식이나 유치원에서 벌어졌던 자잘한 에피소드 같은 것들을 나눈다. 친구에게는 딸이, 나에게는 조카가 현재 가장 큰 애정의 대상이다. 그러자 나머지 친구 한 명은 자신의 애완견 이야기를 시작하며 스마트폰에 찍어둔 사진을 보여준다. 친구에게는 애완견이 사랑하는 자식이다. 유기농만 입히고 먹이며 그만을 위한 적금 통장도 가지고 있다. 일상의 많은 부분이 애완견의 삶의 질 향상에 맞춰져 있다. 우리는 자연스럽게 딸, 조카, 애완견을 같은 선상에 올려놓고 대화를 이어간다. 소중한 대상이 꼭 사람일 필요는 없다.

애완묘를 키우는 친구들도 꽤 많다. 사실 1인 가구

의 경우는 사람을 잘 따르는 강아지보다 독립심이 강한 고양이가 적합할지 모른다. 그녀들은 집사를 자청하며 하루에 몇 번이고 온 집에 떠도는 고양이 털을 성실하게 청소하고, 아끼는 가구가 고양이 발톱으로 엉망진창이 되는 일도 감수한다. 고양이 밥을 챙겨주려 기꺼이 귀가 길을 재촉하고 혹여 고양이가 아프기라도 하면 목돈을 쓰는 것도 아까워하지 않는다. 심지어 고양이 털 알레르기가 있는 경우에도 약을 먹으면서까지 함께 살아간다.

예전에 보았던 한 드라마에서 30대 이상의 독신인 여성이 혼자 살 집을 사고 애완동물을 키우기 시작하면 결혼과는 완전히 멀어지는 신호라는 대사가 나왔었다. 실제로 혼자 살며 고양이를 키우는 여자들은 자신의 아이에게 쏟아야 할 애정이 대상을 잘못 향하고 있다는 이상한 논리로 공격을 받기도 한다.

하지만 그녀들에게 고양이나 강아지와 나누는 심리적 유대는 매우 강력하다. 고양이와 인간이 서로를 길들이고 키운다. 그 자체가 완벽한 가족이 된다. 누군가 고양이만큼 사랑스러웠던 적이 있는가, 허전한 마음을 채워주었던 적이 있는가, 묻게 된다. 사랑받는 것들에는 그럴 만한 이유가 있다.

흔히 결혼을 하지 않으면 나이 들어 돌봐줄 사람이 없어 어쩌나, 외로워서 어쩌나 같은 말을 듣기 쉽지만, 반드시 남편이나 자식이 있어야 안전한 사회망에 들어와 있는 것은 아니다. 실제로 남편과 자식이 있더라도 제 역할을 하지 못하는 경우도 많지 않은가.

최근에는 1인 가구가 모여 사는 쉐어 하우스나 공동체가 늘어나고 있는데, 이런 연대는 새로운 대안이 되어줄 것이다. 가족의 개념은 혈연으로만 이루어진다거나 타고나는 것만도 아니다. 이미 익숙한 아버지, 어머니, 아들, 딸, 이런 호칭을 벗어나면 관계의 가능성이 한층 넓어진다.

나홀로도 충분히 가족이 될 수 있으며, 룸을 쉐어하는 동거인과도 연대를 만들 수 있다. 애완동물도 가족 구성원이 되고, 마을에서 만난 생각이 통하는 사람들과도 다양한 공동체를 만들어 교류하고 서로를 돌볼 수 있다. 비혼은 이도 저도 싫으니 나 혼자 살겠다는 게 아니라 주어진 선택지 밖에도 답이 있음을 찾아가는 과정이다. 또 하나의 라이프 스타일이다.

최근에는 다른 무엇보다 몸이 아플 경우나 보호자가 없어 곤란을 겪는 경우를 대비해 서로의 보호자가 되어 돌봄 서비스를 계 형식으로 품앗이 하는 의료생협을 만들려는 움직임도 생겨나고 있다는 소식이 들린다.

그저 한 번 쓰고 잊어버리는 검정 머리끈 같은 인간관계가 넘치는 세상에서 그럼에도 불구하고 끈끈한 관계를 꿈꾼다. 가끔은 '이래도 될까?' 싶게 선을 넘는 질척거림이 있는 그 정도의 인간관계로 '우리'를 만들고 싶다.

아무 일 없이, 아무 때나, 아무렇게나 연락해서 만나고 싶다 조르기도 하고, 특별한 기념일도 아닌데 갑자기 생각났다며 케이크 한 쪽을 사서 들르기도 하고, 낯 뜨거운 꽃 한 다발을 선물하기도 하고, 어느 새벽 울컥 쏟아진 진심을 다음 날의 어색함 따위 생각지 않고 원 없이 뱉어 내기도 하고, 그런 모습을 그저 말없이 들어주기도 하고 그런 관계를 맺고 싶다.

혼자 살아간다고 혼자일 필요는 없다. 어쩌면 우리는 가족을 벗어나 진짜 나의 가족을 만나게 될지도 모를 일이다.

갑자기
아무렇지 않게
그냥

우리 사이에 더 있으면 기쁠 단어들.

그날, 카푸치노

삼십 대가 되고 나서부터일까, 문득 부모님과의 관계가 전과 같지 않다는 낌새가 느껴졌다. 더 친해졌다거나 더 멀어졌다거나 하는 문제가 아니라, 전에 없던 감정이 생겼다고 할까? 이전까지의 부모님은 나에게 어떤 직업군 같은 느낌이었다. 그저 '아버지', '어머니'라는 이름 안에 존재하는 분들, 그들 각자의 개성이나 속내에 대해서는 알지 못했고 알려고도 하지 않았다. 언제나 부모로서의 무언가를 기대했고 부모이니까 라며 당연하게 받아들였다. 무책임하게 의존해도 괜찮다고 생각했다.

하지만 언젠가부터 아버지, 어머니 또한 서투르고 복잡한 '인간'이었음을 발견해가게 되었다. 이는 예기치 못한 순간에 아주 조금씩 눈치 채다가 어느 순간 그동안의 작은 발견들이 퍼즐처럼 맞춰지며 뒤통수를 탁 맞은 듯한 깨달음이 오는 형태였다.

한번은 부모님과 유럽 여행을 떠났던 적이 있다. 한 달 정도의 자유여행이었는데 스위스 인터라켄에 도착해 방문한 한식당에서 한 병에 2만5천 원 하는 소주를 시킨 아버지를 어머니는 타박했다. 스위스까지 와서 굳이 김치찌개에 소주타령을 해야 했냐며, 당신과는 다신 여행 오지 않을 거라고 했다. (물론 이후로도 두 분은 수없이 함께 여행을 했다.)

그때부터였을까. 일정을 거듭할수록 어쩐지 의기소침해지는 아버지의 모습을 발견했다. 추측컨대 가족이 함께한 자리에서 아버지가 앞장서지 못한 최초의 경험이었기 때문이 아니었을까? 나 또한 아버지의 등이 아닌 얼굴을 뒤돌아보며 걷는 것이 영 어색하기도 했다. 평소 아버지는 운전할 때 굳이 내비게이션을 켜고 늘 안내와 다른 길로 들어서곤 자신이 아는 길이 더 빠르다며 뿌듯해하는 분이었는데, 유럽에서의 길잡이는 늘 구글맵을 든 남동생이었다. 식사를 하고 나서 계산은 총무를 맡은 나의 몫이었고, 만나는 사람들에게 넉살 좋게 말을 걸고 싶어도 평생 영어를 입 밖으로 내뱉어본 적이 없었다. 어느 식당에서 용기를 내어 "따블유 씨?"라고 물었지만 직원은 그 뜻을 끝내 알아채지 못했고, 이후 아버지는 의사 소통이 필요한 모든 순간에 나와 내 동생을 부르셨다. 그 때 아버지 얼굴에는 소주 생각이 간절해 보였다.

얼마 전 치른 할머니의 장례식장에서는 특히나 우리 관계의 변화에 대해 많은 생각을 하게 되었다. 난생 처음 엉엉 목 놓아 우는 아버지를 대면했을 때, '아, 아버지는 할머니의 아들이었지' 싶었다. '아버지도 우는구나', '아버지도 엄마가 없으면 안 되는구나' 알고는 있었지만 실감하지 못했던 사실을 처음으로 마주한 순간이었다. 그리고 자연스럽게 나와 동생, 언니와 형부, 내 또래 사촌들이 장례식의 실무를 맡아 식을 진행하며, 이제 우리 세대가 가족의 일을 책임져야 할 때가 왔구나 싶은 기분 또한 들었다. 이제는 그저 아이처럼 가족의 일을 모른 척 하며 한 발 물러서 있을 수 없는 나이가 되어버린 것이다. 좋든 싫든, 앞에 나서 맡아야 할 책임이 하나 둘 생긴다.

어머니가 갑자기 차를 마시러 가자고 한 적이 있다. 이 제안이 놀라웠던 까닭은 실사구시, 용건간단을 중시하는 가풍 탓에 이제껏 어머니와는 카페에 가본 적이 없었기 때문이다. 밥값보다 비싼 커피를 마시는 것 자체가 어머니답지 않고, 둘이 마주 앉아 느긋이 이야기하는 것은 우리답지 않다고 여겼기에 딱히 내가 먼저 제안해 본 적도 없었다. '웬일이지?' 하는 의아함을 잔뜩 품고 간 카페에서 어머니는 "나는 카푸치노가 입에 잘 맞아"라는 말로 나를 한 번 더 놀래키더니, 주문한 카푸치노를 보며 여긴 거품 위에 하트 같은 것은 안 그려준다며 진심으로 아쉬워했다.

어쩌면 어머니가 변한 것이 아니라 내가 어머니를 몰랐던 것일지도 모른다. 부모님도 자신의 기호와 감정을 지니며 살아가는데, 내가 보고 싶은 쪽으로만 그들을 보고, 내가 편할 대로만 무조건적인 지지와 희생을 기대했던 것은 아닐까.

그래서 그들의 약함을 발견했을 때, 내 눈에 씌어 있던 '부모니까'의 콩깍지가 벗겨져갈 때, 효도를 해야겠다는 거창한 마음보다는 그저 나와 비슷한 동지에게 느끼는 인류애 비슷한 감정을 느끼게 된다. 그간 같이 지낸 시간에 대한 의리를 지켜야겠다 싶은 것이다.

어머니의 환갑 때, 난 이런 편지를 썼다.

"아내로서, 어머니로서, 며느리로서의 행복도 응원하지만 조예숙으로서의 멋진 인생을 가장 응원합니다."

부모님을 생각하면 가슴 한켠이 아려오는 것이 오래되지 않았다. 초등학교 시절 수련회에서 '이 반에서 제일 키 큰 사람, 제일 뚱뚱한 사람, 제일 콧구멍이 큰 사람' 같은 인권 의식 낮은 기준으로 아이들을 선발해 무대에서 춤 대결을 펼치게 하다가, 생뚱맞게 해바라기의 〈사랑으로〉 기타 반주가 나오며 촛불을 켠 채 어머니 생각을 해보라는 교관의 말에 한 번도 운 적이 없었다. 방금 전까지의 춤 대결의 여운을 떠올리며 어딘가 맥락이 갑작스럽다는 의문만을 품었었다. 하지만 그러다 주변을 둘러보면 모두가 훌쩍이고 있었다. 나는 어쩐지 그런 단체 눈물이 멋쩍단 생각을 하며 혼자 촛농 장난만 치곤 했다. 어머니 생각을 하면 맛있는 것 같이 먹고, 함께 즐거워했던 기억들뿐인데 도대체 눈물이 왜 나는지 이해를 하지 못했다. 하지만 언젠가부터 어머니 생각을 하면 눈시울이 시큰해진다. 이제는 어머니와 즐거웠던 기억보다 어머니한테 잘못한 기억이 더 많은 탓인가 보다.

우리 관계는 또 어떻게 변할까? 고령화 가족이 되어갈 우리에게 필요한 것은 예로부터 전해진 효심보다 서로를 불쌍히 여기는 인류애가 아닐까.

집을 향해 걷다 저녁 하늘을 뻔히 바라본다.
너무 익숙해져 당연해진 풍경 속에 있지만
사실 단 하루도 같은 하늘은 없었을 거다.
당연한 듯 오래 같이 있어주었던 존재들을
더 바라보고 더 예뻐해야겠다.

3

a night after work

일 생각은 끄고 싶은데

초등학교 시절 '존경하는 인물'을 적어야 할 때면, 별다른 감흥 없이 '신사임당'을 적곤 했다. 내가 가진 위인전집에는 여성이 단 두 명뿐이었는데 그중 한 명인 퀴리부인을 적기에는 수학, 과학에 지나치게 소질이 없었기 때문이다. 여자인 내가 자라서 될 수 있는 멋진 여성의 모습을 상상하기에는 주어진 선택지가 너무 적었다.

　　여자 대학교를 다니며 많은 언니들을 만났다. 예민한 감수성의 갓 스무 살을 넘긴 그 시절의 언니들은 고작 나보다 한두 살 많을 뿐이었는데 한참은 어른같이 느껴졌다. 세련된 차림새에 뭐든 잘 알고 있었고 노련했으며 신비로운 비밀이 많아 보였다. 이제껏 상상하지 못했던 새로운 영역의 여성상이었고 나는 그것을 동경했다.

　　그중 철학과 선배였던 언니 A는 특히 그랬다. 그녀는 청춘 영화 속의 비운의 주인공처럼 어쩐지 금세 쓰러

질 듯 위태로워 보여서 끊임없이 뭔가 해주고 싶게 만드는 묘한 매력이 있었다. 수업에 자주 결석했지만, 평소 독서량이 어마어마했던 덕에 말을 할 때마다 얼핏 드러나는 지식의 깊이가 느껴졌다. 사회의 모순을 논할 때면 눈을 빛내며 자신의 의견을 밝히는 모습이 올곧아 보였다. 언니는 불안한 예술가 같았다. 나 같은 평범한 사람과는 전혀 다른 어떤 아우라가 있었다.

당시 내가 가장 좋아하던 영화 중 〈처음 만나는 자유〉란 작품이 있었다. 사회에 적응하지 못한 채 우울증과 불면증에 빠져 불안정한 위노나 라이더의 모습에 묘한 공감을 느끼던 그 시기에, A언니는 반항기 가득한 눈빛으로 주변을 경계하던 안젤리나 졸리와 비슷하게 느껴졌다. 반항기가 가득했지만 묘하게 사람을 끌었다. 그런 게 멋있어 보이던 시절이었다.

대학을 졸업하고 나서도 가끔 언니가 생각났다. SNS도 잘 하지 않고 워낙 잠수 타기가 생활화된 언니였기에 연락이 끊긴지는 오래지만, 그녀의 비범함을 동경하는 한 명으로서 그조차 언니답게 멋지다고 여겼다.

그러다 얼마 전, 우연히 철학과 사람들을 만난 자리

에서 언니를 마주쳤다. 이름 모를 어느 황야에서 자신의 철학을 좇으며 한 마리 늑대처럼 살 것만 같던 언니는 따뜻한 가정의 온순한 강아지 같은 눈빛으로 다가왔다. 이전의 날카로움은 온데간데없이 둥글둥글하고 안정적이었다. 보통의 정장 차림으로 직장에 다니고 있다 말하는 언니를 마주했을 때, 잘 살고 있구나 싶은 안도감의 한편에, 무언가를 잃은 듯한 아쉬움이 들었다.

우리는 마주 앉아 그 시절 친구들의 근황을 나눴다. 대다수는 건너건너 전해들은 '그렇게 산다더라' 수준의 소식이긴 했지만 어찌되었든 서른 전후의 친구와 후배, 그리고 선배들은 결혼과 출산이라는 생애 주기를 맞이하며 사회생활의 쉼표 혹은 마침표를 찍고 있었다. 그녀들의 카카오톡 프로필 사진이 웨딩 촬영 컷에서 아기 얼굴로 변화함에 따라 자신의 존재를 프레임 밖으로 감춰가고 있었다.

집으로 돌아와 10여 년 만에 〈처음 만나는 자유〉를 다시 보았다. 영화의 장면은 여전히 아름다웠지만, 그 내용의 무게감은 처음 접했을 때와는 완전히 달라져 있었다. 스무 살의 방황과 고민이 더 이상 나의 것으로 다가

오지 않았다. 나는 어느새 한 발짝 물러서 주인공의 방황에 훈수를 두며, 이해는 하지만 남사스럽다면서 "그 나이 때는…"으로 시작하는 꼰대의 문장을 떠올렸다. 이제 나는 더 이상 위노나 라이더나 안젤리나 졸리가 아니라, 그녀들을 얼음 욕조에 내던지며 스스로 틀을 깨고 나와 달라질 것을 충고하던 간호사, 우피 골드버그의 입장에 서 있었다.

돌이켜 보니 대학을 졸업하고 사회생활을 시작한 이후, '여자선배'를 만나기는 생각보다 쉽지 않았다. 이상하게 여자 상사는 늘 소수였고 그것에 대해 원래 그렇다는 생각을 할 뿐 별다른 의문을 제기하지 않고 무감해져갔다. 우리 또래가 마주치는 출산과 육아의 문제를 사회생활과 양팔 저울에 올려 선택해야 하는 책임은 웬만해선 언니들의 몫이었고, 그런 과정을 겪으며 그 많던 언니들은 누군가의 엄마, 아내가 되어 걸어갔다.

어쩌면 지금 나의 또래 여성들은 이 사회에서 최초로 '여자선배'가 되어가는 과정을 겪는지도 모른다. '여자라서 그래야만 했던 시대'를 지난 우리 어머니 세대와는 다른, '여자도 그럴 수 있는 시대'를 살아가는 최초의 우리. '여자라서'를 강요하는 사회의 통념과 '여자도'의 변화가 뒤섞인 시대를 헤쳐 나가며 각자의 분야에서 중도하차 하지 않기 위해, 무진 애를 쓰며 살아가는 중이다.

이 일을 계속할 수 있을까?
회사에서 나 언제까지 할 수 있을까?
월급을 받을 수 없다면 뭐하며 먹고살아야 할까?
밤새 아득한 생각이 밀려올 때마다,
앞서 걷는 이가 남긴 발자국을 보며 따라 걸어가
고 싶다는 생각을 했다.

하얀 눈 덮인 길에
발자국은 드문드문 이어졌지만
도중에 흔적이 잦아든 길도 있었다.

발자국들이
더 어지러워지길 바란다.
보폭과 방향이 제각기인 걸음들로
무수한 길을 낸다면
한 번도 밟지 않은 눈을 걸어가는 일도
특별한 용기가 필요 없을 것 같다.

따라 걸어올 이를 생각하며
오늘도 하루만큼의 걸음을 걷는다.

우리에겐 더 많은 여자선배 롤모델이 필요하다.

창업해도 될까요

성산동에서 반테이블이라는 푸드 라이프 스타일 브랜드
를 운영하고 있는 정보화가

　　"언니, 우리는 자기고용인이잖아요. 자기가 자기를
고용한 사람들."

　　이란 말을 했을 때, 무릎을 탁 치며 멋진 단어라고
생각했다.

　　정보화의 동업자 전가현까지 셋이 마주 앉아, 아마
우리는 평생 남에게 은근슬쩍 얹혀 먹고살 행운 따위는
없을 듯하니 더욱더 빨빨거리며 스스로를 먹여 살려보자
는 푸념과 응원을 동시에 나누었다.

　　난 그 둘과 함께 수다를 떠는 시간을 좋아한다. 좋
아하는 일을 잘하는 사람에게서 나오는 어떤 기운 같은
것이 느껴지기 때문이다. 꼭 해보고 싶은 일, 꼭 가보고
싶은 곳, 꼭 만나보고 싶은 사람이 있는 이들, 그들에게

느껴지는 생명력이 있다.

두 사람이 반테이블이란 식품 제조업을 시작한 것은 5년 전이다. 소규모 제조업의 여성 창업, 그리고 동업으로 시작해 그야말로 맨땅에 헤딩하듯 하나씩 자기 브랜드를 만들어왔다. 요령을 부리지 않고 느리지만 고집 있게 자신들만의 영역을 만들어가고 있는 두 사람을 보면, 동생과 친구임에도 가끔 '언니'라고 부르고 싶어진다.

스물다섯 살에 창업 시장에 뛰어든 보화는 누구보다 성실한 이십 대를 보냈다.

"일과 삶의 경계가 없었어요. 행복은 곧 일의 성과였고, 살며 느끼는 모든 감정이 일에 좌지우지되었죠. 사실 부모님의 반대를 무릅쓰고 창업했거든요. 그래서 더 보여주고 싶었던 것 같아요. 내 선택이 틀리지 않았다는 것을요. 그렇게 창업할 때는 서른 즘이면 안정을 찾을 수 있을 거라 생각했죠."

물론 대부분의 서른이 그렇듯 그녀 역시 서른이 되었을 때 될 수 있는 것은 서른한 살뿐이었다. 하지만 이는 어디까지나 살림살이의 문제일 뿐, 서른의 보화는 스물다섯의 보화에게 없던 귀한 한 가지를 얻게 되었다.

"돈으로 성공과 실패를 가른다면, 사업을 하면서 매달 100만 원도 안 되는 월급에 그마저 못 받을 때도 많았으니 확실히 실패한 셈일지도 모르죠. 하지만 내가 살고자 하는 방향대로 살아볼 수 있는 경험을 하며 내 삶의 주체가 되고 책임감을 갖게 되었어요. 회사를 다닌 적이 있는데 그때 저는 늘 직장에서 시간을 때운다는 생각이었어요. 내 삶의 시간에 주체가 되지 못하고 돈에 메여 억지로 끌려다니는 느낌이었죠. 하지만 창업 후에는 확실히 달랐어요. '내 뜻대로 살아봤고, 살고 있다는 것' 그 하나를 지킨 것이 저에겐 훈장이죠. 물론 그렇게 주체적으로 살기 위해 많은 비용을 지불해야 했지만요."

스물아홉에 보화와 창업한 가현은 누구보다 순종적인 이십 대를 보냈다. 무엇을 할지 몰라 부모님이 하라는 일을 했다. 하지만 가현에겐 가끔 단호한 구석이 있었다. 어린이집 교사로 일하던 그녀가 스물여섯에 다시 대학에 들어가 푸드 스타일을 전공하기로 한 용기를 낸 것처럼 말이다.

"무엇을 할 때 행복한가 생각했을 때 나는 어딘가를 꾸미고 모임을 주최하고 음식을 만드는 일이었어. 그 모든 것이 가능한 직업이 푸드 스타일리스트가 아닐까 싶어 선택하게 된 거고, 그게 조금씩 변형되며 창업으로 이어졌지. 좋아하는 일에 뛰어들기보다는 일단 뛰어들고 좋아하는 일을 찾아갔어. 지금도 여전히 더 찾는 중이야."

가현은 사업을 시작할 때 의외로 두려움이나 걱정이 없었다고 했다. 창업의 두려움을 구체적으로 말하면 결국 벌이에 대한 두려움일 텐데, 이전에도 그다지 돈을 잘 벌었던 적이 없으니 새로운 일을 해서 돈을 못 벌 걱정도 딱히 들지 않았다고 했다.

"푸드 스타일을 공부하러 대학을 다시 가고, 창업을 선택한 건 내 인생에 몇 번 없는 이례적인 용기였어. 그런데 잘한 선택 같아. 용기 내지 않았다면 그 이후의 삶의 재미를 몰랐을 것 같거든. 선택을 하고 인생의 파동은 커졌지만 그 덕분에 정말 재미있었어."

정부의 사회적 기업 육성 지원금과 동등하게 반씩 나눈 투자금을 더해 사업을 시작한 두 사람. 소규모 창업에서 의외로 자본은 해결 가능한 범주의 문제였다. 매장이 없다면 인터넷을 통해 제품을 판매하면 되었고, 개인이 가져가는 이윤은 최소화하면 어떻게든 연명할 수 있었다.

가장 힘든 점은 자신이 할 수 있는 일의 수준을 가늠할 수 없다는 것이었다. 경험이 없고 조언을 해줄 선배도 없으니 망망대해에서 네비게이션 없이 목적지를 찾아가야 하는 꼴이었다.

　　"과일청을 만들어달라는 의뢰가 들어와도 우리가 소화할 수 있는 양인지 가늠이 되지 않았어요. 한번은 기업에서 대량 주문이 들어왔는데 진공포장하는 법을 몰라 택배 나갔던 제품이 다 터져서 반송돼 왔어요. 그래서 전부 환불해준 적도 있고, 그 뒤에 제품을 보호하겠다고 유리병 하나당 스티로폼 상자 하나씩을 주문해서 너무 높은 원가의 패키지를 했던 적도 있고, 무턱대고 주문은 받았는데 둘이서는 도저히 감당이 안 되는 양이라 울면서 밤을 새서 마감을 맞추었던 적도 있죠. 예측할 수 없는 상황들이 계속 벌어지고 이를 온전히 몸으로 충격을 흡수하며 경험해야 했어요. 디자이너를 고용할 여력이 없어서 기획회사 인턴을 하는 동안 몇 번 디자인 업무를 해본 적이 있다는 이유로 제가 모든 제품 디자인을 맡았어요. 교회에서 회계를 담당해본 적이 있단 이유로 가현 언니가 재무 담당이 되었고요. 그런 식으로 말도 안 되게 하나씩 스스로 배워가며 터득해나갈 수밖에 없었죠."

느리고 서툴게 가현과 보화는 반테이블을 지켰다. 확실한 건 일이 몸에 익는 게 무섭다는 점이다. 5년이란 시간 동안 좋아서 시작한 일의 기술이 착실히 늘었고, 마음의 위로가 되는 먹거리를 나누자는 공동의 신념을 지키며 무사히 버틴 서로에 대한 자랑스러움이 생겼다. 새로운 일을 도모하기 좋아하는 보화의 추진력과 벌여놓은 일을 꾸준하고 꼼꼼하게 운영하기 좋아하는 가현의 은근함은 서로를 보완하며 반테이블의 균형을 지켰다.

"동업은 끊임없이 '나'가 아니라 '우리'에게 가장 좋은 경우의 수를 찾아야 해요. 무수한 의견 충돌이나 시행착오를 거치며 터득한 건, 일단 상대방의 말을 끝까지 들어보자는 거예요. 그 의견에서 뭐가 잘못되었나를 짚어내기보다 어떤 의견을 살릴 만한지 좋은 점에 더 집중해요. 자꾸 서로의 의견에서 무언가를 빼려고 하면 그게 비난처럼 느껴져서 감정이 상할 확률이 높고, 둘의 의견 중 하나를 택해야 하는 경쟁 구도처럼 돼버려요. 그래서 둘의 의견을 더해 제 3의 결과물을 내는 게 중요해요. 하나를 빼는 게 아니라 하나를 더하는 거지요."

2년 전, 카페를 창업할 무렵 가현이 결혼을 하며 두 사람의 일에도 자연스러운 변화의 조짐이 피어났다. 어쩌면 소규모 창업의 여성 사업가에게 결혼은 곧 불어닥칠 태풍의 전조 같은 일이다. 그것이 좋든 나쁘든 결혼, 출산, 육아로 이어지는 변화들은 지금 하고 있는 사업에도 물리적인 영향을 미칠 수밖에 없기 때문이다.

　　"일에 있어서 나의 결혼이 동업자에게 부담을 지우게 된다는 생각도 들어. 여성 사업자는 일에 일관성을 유지하기가 쉽지 않아. 결혼까지는 감당할 수 있다고 해도 이후에 출산, 육아 같은 생애 주기에 따른 큰 변화를 감당할 수 있을지 불안하지. 나로 인해 같이 일하는 보화도 함께 영향을 받게 되는 점도 걱정되고.

　　그리고 개인적으로는 결혼을 하고 나서 아무래도 스스로 느끼는 책임감과 부담감이 커졌어. 나도 모르게 집안일은 아내인 나의 몫이라는 전제를 하는 마음과, 왜 여자만 가사에 부담을 느껴야 하나라는 마음이 부딪혀. 그래서 체력적으로나 정신적으로 힘든 부분이 생기지."

　　보화 역시 변화의 불안함을 느끼지 않을 수 없다. 온전히 둘이서 버텨온 사업이기에 가현의 신변의 변화는 곧 보화에게도 오롯이 전해지는 것이기도 하다.

　"아무래도 가현 언니의 결혼 이후에 당장 체감되는 변화들이 있죠. 언니에게 가정이 생기니까 그에 맞게 근무 시간 조정도 하게 되고, 언니에게 아이가 생겨 당장의 공백이 생길 경우의 수도 염두에 둬야 하니까요. 저 역시 결혼을 앞두고 있고, 이미 결혼한 동업자를 곁에서 보는 입장에서 여성 사업가로서 일관성을 유지하는 일은 참 어렵다는 생각이 들어요. 생의 주기에 따라 너무 큰 폭으로 일상의 변화가 찾아오니까요."

　가현과 보화가 자기를 고용한 이래, 여유를 부릴 틈은 거의 없었다. 자기고용인이란 일종의 야생의 공간에 놓인 상태나 마찬가지이니 말이다. 스스로 먹이를 찾아 자신을 돌봐야 한다. 외부는 무수한 변수로 흔들리고 어느 하나 보장된 면이 없다. 새로운 상황 앞에서 그간 제법 쌓았다 생각한 노하우는 들어맞지 않을 때가 많고, 불안은 언제나 가장 가까운 곳에서 몸과 마음을 헤집었다. 하지만 불안할 것을 알고도 자기고용의 길을 택한 우리는 극복하지 못할 것이라면 담담해져야겠다 다짐한다. 내가 나를 먹여 살리지 않으면 누구도 나를 먹여주지 않기에, 노동은 언제나 고귀하며 인생은 오지고 지려도 렛 잇고이니 말이다.

　"시간이 흐른 뒤 언젠가 모든 불안에 더 익숙해져 있으면 좋겠어. 나에게 벌어지는 모든 일들은 늘 처음일 텐데, 그런 처음인 일들에 지금보다 일희일비하지 않고 담담해져 있기를 바랄 뿐이지."

　　가현의 이 한마디를 들으며 반테이블에 앉아 '응원할게 레몬레몬' 차를 마셨다. 볕이 잘 드는 창가에 앉아 한동안 빛 샤워를 하며 '오늘은 이걸로 됐다' 싶은 만족감이 들었다. 반테이블 진열장의 제철 과일로 만든 상품들이 부지런히 바뀌어가듯 계절은 아무리 노력해도 흐르고, 우리는 변할 테지만, 그 모든 흔들림 속에서 나름의 담담함으로 버텨낼 수 있기를 바라본다.

　　이걸로 되었다 싶은 만족감이 가득한 오늘을 켜켜이 쌓아가며,

　　따뜻한 차 한 잔에 서로에 대한 연대감과 애정을 전하며,

　　그렇게 순간을 믿을 수밖에.

(불면증 처방전)

잘 되겠지라는 담대한 믿음의 물약 한 모금
나를 다독이는 편안한 마음의 알약 한 알
커다란 우주를 생각하는 상상 한 조각
더없이 따듯한 허브티 한 잔.

"우리, 몇 살까지 이 회살 다닐 수 있다고 생각해?"

"40… 많아야 중반?"

"그럼 그 이후엔 뭐하지? 백세시대라는데…"

"공무원 준비라도 해야 하나. 지금부터 기술이라도 배워야 하나?"

"……"

(에이. 내일 출근 준비나 하자.)

커피숍에서 두 친구의 대화를 우연히 듣게 됐다. 언젠가 회사에 다니는 지인들에게 물어본 기억이 났다. 너희 회사에 제일 연장자인 여자 분이 몇 살이셔? 오십대 이상을 드는 친구가 드물었다. 회사에 자신의 미래로 그려볼 만한 여자선배들이 거의 보이지 않는 상황에서 농담조로나마 내비친 불안의 한 조각은 커피숍에서 만난 그녀들만의 일은 아닐 것이다. 살아남은 이의 이야기를 들어보고 싶었다.

대기업 본사에 인터뷰 취재차 간 적이 있다. 전날 미리 인적 사항을 전달해 방문자 등록을 해놓고, 당일 도착해서는 신분증을 맡긴 후 스마트폰 카메라 렌즈에 촬영 금지 스티커를 붙여야만 겨우 들어갈 수 있는 곳. 유난스러운 입장 절차에 어쩐지 빈정이 좀 상하면서도 한편으로는 가보지 않은 길에 대한 호기심이 피어났다.

외부인을 철저히 배척하는 형태로 지어진 공간, 그 견고하고 단단한 성(城)에 들어서자 어쩐지 침략자가 된 듯한 기분에 행동 하나하나에 신경이 쓰이면서도, 바삐 오고 가는 직원들을 보며 '나도 저들 중 한 사람이었다면 어땠을까?' 싶은 상상을 어렴풋이 해보기도 했다.

박수진(가명)은 이 성 안의 사람이다. 대기업 근무 9년 차, 그녀는 4단계로 나누어진 회사 내 직급 중 가장 높은 4단계에 속한다고 했다. 그들만의 성에서도 특히 높은 곳에 자리한 셈이다.

삼십 대 초반에 미국에서 사회생활을 시작했어요. 그곳의 근무 환경은 어땠어요?

서른 살에 미국의 포닥(Post-Doctor)•에 가서 3년간 일했어요. 그곳에서 운이 좋게 존경할 만한 교수님을 만
.죠. 공손하지만 단호하게 사람을 대하는 법을 알려주
셨고, 마음이 상하는 비판이 아니라 도움이 되는 비평을 하며 의견을 나누는 법을 가르쳐주셨어요.

국에서도 유리천장의 존재는 확실히 느꼈
들은 자신들이 중상류층의 백인 남자라
데나 취업할 수 있다는 이야기를 대
ldle Class'라고 하죠. 그 단어가
상류층 남자가 아니면, 그 외
하자가 있는 존재란 거죠.

에
심지
퍼센트가 아시아계라 중
국 인도
이야기를 빈번히 들
었으니까요.

한국에 돌아와 소
에서 일하게
되었어요. 여성 비율
분야인데,
그로 인해 힘든 점은 없.

제가 일하는 곳에서
는

everyday has its sunset and sunrise.
태양은 지금 막 또다시 떠올라요.

오늘밤은 경이 오지 않아서

소수예요. 저는 과장급 정도의 경력직으로 일을 시작했는데 예상보다 훨씬 심한 경쟁 사회라는 점에 힘들었어요. 예를 들면 회식도 업무의 연장으로 끊임없이 정치적 행동을 하며 경쟁해야 한다든가 하는 일이요. 어떤 사람의 옆에 앉아 어떻게 대화하느냐가 일에 큰 영향을 미쳤고, 회식을 거절하는 경우는 곧 애사심이 부족하다는 식으로 인식되었죠. 동료의 성취가 자신의 몫을 빼앗는 것처럼 느끼는 사람들도 적지 않았던 것 같아요. 그래서 늘 남의 성취를 깎아내리려 했죠.

여성들은 업무적으로 성취를 거두면, 예뻐서 그렇다거나 실력 외에 다른 이유가 있을 것이란 식으로 말하고, 외국 업체와 커뮤니케이션이 많은 직무상 영어 능력이 굉장히 중요한데, 막상 영어를 잘하면 영어 잘하는 것쯤 뭐 대수냐 하는 식으로 유치한 공격을 하는 사람들이 있었어요.

유치한 공격에는 어떻게 맞섰어요?

실력 문제라면 더 노력하면 되지만 인신공격은 답이 없잖아요. 그래서 웬만하면 피하기도 했는데, 언젠가부터 나만 피하면 될 문제가 아니라는 생각이 들었어요.

내 후배, 내 팀원들에게 똑같은 문제가 반복될 테니까요.

그래서 요즘엔 총대를 메고 공격하는 이의 기분이 상하지 않게 최대한 애쓰면서 이야기하는 편이에요. 무엇이 문젠지 구체적으로 내게 말해주면 개선을 하겠다고 말이죠. 나 혼자 미움받고 끝나는 일이면 괜찮은데, 혹여 나에 대한 미움이 내가 이끄는 팀에 속한 후배들에게까지 여파를 주게 될 수도 있으니 대면해서 해결해야 하죠. 좋든 싫든 정치적인 수완이 필요하게 되었어요.

그래서, 이제 회사 내 정치에 능숙해졌나요?

계속 노력 중인데요. 그래도 노하우라면 '외유내강', 저의 가장 중요한 원칙은 '웃는다', 그리고 '기분이 나빠도 직설적으로 표현하지 않는다'예요. 정말 터무니없는 말들에는 '무슨 그런 소리를 하고 있냐'가 목구멍까지 올라올 때도 있지만, 그 자리에서는 그에 대해 바로 부정하지 않고 다만 어떻게 개선하면 좋을지를 묻죠.

회사에서 일을 잘하는 것의 중요도는 10퍼센트 정도예요. 90퍼센트는 인간관계죠. 그런데 중요한 점은 앞의 10퍼센트가 선행되지 않으면 나머지 90퍼센트를 아무리 잘해도 소용없다는 점이에요. 실력으로 쌓는 10퍼센트는 무조건 갖추고 있어야 하죠.

대기업에 입사하는 여성들은 많이 보았는데, 수진님처럼 높은 단계까지 진급하는 경우는 많지 않은 듯해요.

유능한 엔지니어인 제 친구 한 명이 출산 육아를 갔다가 복직을 했어요. 시스템적으로는 휴직이나 복직에 어떤 차별이나 어려움도 없었죠. 그런데 자신이 리더로 일했던 팀으로 돌아왔을 때, 평사원의 업무를 맡게 되었어요. 심지어 그 친구가 팀 자체를 만든 사람인데도 말이죠. 해외 관계자와 커뮤니케이션 할 일이 많은 업무라 시차에 맞춰 새벽에 일해야 하는 경우가 많았는데 아이 때문에 온전히 참여할 수가 없어 잡무를 도와주다가 결국 팀을 옮기게 되었어요. 이 회사에서 쌓을 수 있는 그녀의 커리어는 육아휴직 이전까지에서 멈춰버린 거예요. 그 이상을 뛰어넘긴 현실적으로 힘들죠. 많은 여성 직원들이 그렇게 출산 후에는 진급보다는 유지에 의의를 두며 직장 생활을 하게 되는 듯해요.

여성이 육아휴직을 쓴다는 것은 어쩌면 커리어의 정점을 찍고 그 이상을 포기한다는 의미이기도 하겠네요.

육아휴직 시스템이 아직 완전하지 않은 구석이 있어요. 본인뿐 아니라 남은 동료들에게도 부담이 되는 일이 되기도 하죠. 누군가 육아휴직을 가면 그를 대체할 인력이 증원되는 것이 아니라, 남은 직원들이 육아휴직을 간 직원의 업무를 나눠서 맡아 해야 하거든요. 그래서 유능한 여직원일수록 그 빈자리가 더 크고, 그 업무를 대신하다 보면 늘어난 업무로 인한 정신적 스트레스와 육체적 어려움이 결국 개인에 대한 미움으로 바뀌는 경우도 있어요. 담당자의 부재로 매일 두 시간씩 6개월을 더 일하라고 하면 좋아할 사람은 없잖아요.

아직 미혼인데, 결혼에 대한 생각은 어때요?

삼십 대에는 강박처럼 '한 살이라도 젊을 때 결혼을 해야 한다'라는 마음이 있었어요. 외모를 가꾼다며 다이어트를 열심히 했고, 자식을 낳아 예쁘게 살면서 필요하면 회사를 그만두고 훌륭한 엄마가 되겠다라는 생각도 했죠. 나를 바꾸더라도 어떤 이상적 형태를 갖추어야 한다고 생각했어요.

하지만 사십 대가 되고 나의 겉모습이 아니라 나라는 사람 자체를 온전히 받아들여주는 누군가를 만나고 싶다는 생각을 해요. 서로의 감정을 어루만져줄 수 있다면 가장 좋겠지만, 그것까지 바라지는 않아도 힘든 순간 어깨를 빌릴 수 있을 정도라도 괜찮을 것 같아요.

사실 결혼을 생각했을 때 가장 걸리는 건 부모님이에요. 어느 날 엄마가 제가 자는 줄 알고 곁에서 "너 불쌍해서 어쩌냐" 그러시더라고요. 나이 들어 아플 때 곁에서 봐줄 사람도 없이 홀로 남으면 어쩌나 싶으신가 봐요.

그런데 제가 마흔이 넘은 순간 결혼은 어느 정도 포기하게 되신 것 같아요. 그래서 마흔 이후로는 그냥 함께 서로 의지하는 사이가 되었어요.

회사에서 배운 가장 중요한 점이 있다면 무엇이에요?

기업도 계속 변화하고 있어요. 전에는 개개인이 프로젝트를 실행하는 도구로 쓰였다면, 이제는 사람에 더 가치를 두죠. 그래서 프로젝트나 일을 중심으로 둬선 안되고 그 일을 하는 사람을 제대로 파악해야 해요. 사람을 제대로 읽지 못하면 회사의 도구로만 머물게 되겠지만, 사람을 제대로 이해하고 함께 시너지를 만들어낼 수 있다면 한 단계 나아갈 수 있죠.

그런 면에서 회사에서 배운 가장 큰 가치는 동료애

에요. 대기업이라 정말 많은 사람들과 부딪히기 때문에 더 많이 배울 수 있었던 것 같아요. 위기 상황은 끊임없이 닥쳐요. 참을성을 시험하고 한계를 느끼게 하는 일들이 계속 발생하죠. 하지만 업무에 있어서도 관계에 있어서도 아무리 극한 상황이라도 최소한의 인품을 지키려고 노력하는 항상성이 중요해요. 넘지 말아야 할 선이 있죠.

그리고 남성 동료들이 다수인 사회에서는 남성에 대한 이해력을 높여야 해요. 그들의 표현 방식, 언어의 행간을 잘 파악할 수 있어야 하죠. 남성 중심의 회사에서 남성들만의 유대와 관계는 일에도 영향을 미쳐요. 예를 들어 저는 시가렛 메이트라고 부르는데요. 중간 중간 함께 담배를 피우며 대화하며 형성되는 담배 커뮤니티가 있잖아요. 그런 데서 가끔 중요한 업무 사항이 오고 가기도 하는데 담배를 안 피우는 저로서는 소외될 때가 생기기도 했어요.

그런 공백을 커버할 수 있는 유일한 것은 업무와 관련된 전문 지식을 쌓고, 다양한 개성의 동료와 협업한 경험을 통해 사람에 대한 경험치를 높이는 것이죠. 결국 사람이 가장 중요하니까 선후배의 피드백을 늘 귀담아 들으려 하고, 언제나 '같이 가자'는 생각으로 팀원들을 보

듬으려 했어요. 그건 제가 회사에서 배운 중요한 원칙이
고 지키고 싶은 소신이죠.

언젠가 이 회사를 그만두게 될 순간의 공포는 없나요?

　나이가 들어도 회사에서 필요로 해주면 가장 좋겠
지만, 어느 날 미안하지만… 하면서 집에 가라고 할 순간
이 언제든 벌어질 수 있음은 염두에 두고 있어요.

　그래서 매년 이력서를 업데이트하며 준비해요. 그
만두는 시기를 타인 또는 회사가 아닌 제가 스스로 정할
수 있도록 말이죠. 당장은 누가 알아주지 않더라도 스스
로가 '나는 전문가야'라고 자신감을 가질 수 있을 만한
능력치를 쌓아두고, 나는 잘하니까 너네가 필요 없으면
딴 데 가도 돼 라고 생각하는 거죠. 그런 자신감이 있어
야 품위를 지킬 수 있지 않겠어요.

함께하는 누군가를 생각할 때
우린 강해진다.

카페에서 일하는 프리랜서에 대하여

나는 삼십 대 중반의 프리랜서 작가이다. 그 전에는 두 군데의 잡지사와 한 군데의 출판사에 근무하며 잡지를 만들었고, 내 이름을 단 세 권의 단행본을 출간했다. 독립 출판에 도전해 나만 아는 내 책도 몇 권 냈다. 경력 중반 정도는 직장에 다녔고 반 정도는 프리랜서로 일해본 셈이다.

가끔 사람들은 나의 일에 대한 환상을 품기도 한다. 프리랜서, 작가, 기자 이런 단어들이 전하는 어떤 이미지가 있는 모양이다. 그중 제일 자주 들었던 추측은 한낮에 카페에 앉아 노트북을 두드리며 글을 쓰는 모습, 대충 그런 여유작작한 한때를 지내리라는 것이다. 하지만 다른 작가들은 어떨지 몰라도, 적어도 나의 경우에는 현실과 거리가 먼 이야기다. 가장 큰 이유는 집 밖을 나서는 순간 내딛는 걸음걸음마다 돈이 들기 때문이다. 현재 글로 밥을 굶지 않을 만큼 벌지만 그렇다고 커피까지 자주 사 먹을 만큼은 되지 못한다. 그래서 나는 일주일에 3~4일 정도는 집 밖을 잘 벗어나지 않는다.

친구들은 가끔 "넌 출근 안 해서 좋겠다"나 "평일에 놀아서 좋겠다"라고 한다. 물론 매일 인간 한계 시험의 장이 되었던 출퇴근 지하철을 타지 않고, 늦잠과 평일 조조 영화 관람이 허락되는 생활은 꽤나 흡족하다. 하지만 뒤집어 생각해보면 "출근 시간이 없으니 퇴근 시간도 없이 일해야 한다"나 "주말에도 업무가 주어진다"란 의미이기도 하다.

얼마 전 칼럼을 의뢰한 한 클라이언트가 "작가님, 주말 동안 작업하셔서 주실 수 있죠?"라는 질문을 당연한 듯 물었다. "당신은 6시 퇴근 시간 지나면 이메일 확인도 안 하잖아요"라고 받아치고 싶었지만, 당연히 그러지 못했다. 매년 최악의 불경기를 맞이했다는 소문이 도는 이 업계에서 한 번의 거절은 영원한 이별로 이어질지 모른다는 불안감 때문이다. 그래서 많은 프리랜서들은 의뢰받는 일을 마다 못하고 불면의 밤을 보내며 무리한 일정을 소화한다. 추운 겨울을 대비하여 할 수 있을 때 양 볼이 터지도록 도토리를 우겨넣는 다람쥐와 비슷하다.

회사에 다닐 때는 한 달 단위로 소비를 계획할 수 있지만 프리랜서에겐 그런 안정된 주기가 적용되지 않는다. 몸이 기억하는 직장인 시절의 소비 관성을 바꿔야만 했다. 그래서 한동안의 시행착오 끝에 수입이 생길 때마다 만약을 대비한 절약을 하리라 다짐했지만, 사실 아끼고 말고 할 것도 없는 최소한의 생활비를 벌 때가 많았다.

다행히 프리랜서가 된 지 2~3년이 지났을 무렵부터 초조함은 조금씩 사라졌다. 물론 '다음 달 공과금은 제때 낼 수 있을까?' 같은 근본적인 결핍과 두려움은 늘 있지만, 너무 안달하지 않아도 신기하게 삶이 이어지더라는 나름의 주기를 깨달아갔다. 인간은 꼭 월급을 받는 한 달 주기로 살지 않아도 괜찮다는 새로운 관성이 몸에 익어갔다.

경제적인 면에서뿐 아니라 하루 일과 자체가 직장인의 그것과는 확실히 다름을 인정하기까지도 시간이 걸렸다. 직장인일 때는 스스로가 아침형 인간이라고 믿었는데, 프리랜서가 된 후, 그것이 정말 큰 오해였음을 깨달았다. 더불어 나는 얼마나 수동적인 인간인가에 대해서도 절실히 깨달았다.

정해진 출근시간이 없으면 얼마나 늦게 일어나며,

닭달하는 상사가 없으면 얼마나 느리게 일하는지, 나오라는 사람이 없으면 얼마나 오래 집 안에만 있는지 알아갈 수록 죄책감이 깊어졌다. 늦잠을 자고 일어난 자신을 자책했고 별다른 일정 없이 집에서 보낸 하루를 창피해했다. 조금만 있다 하자 하다가 하루, 한 달, 한 해가 훌쩍 지나도록 하지 못한 일들이 쌓이고 변하지 않는 자신의 모습에 실망을 반복했다. 정신 차리고 둘러보니 사람들의 궤도에서 한참이나 벗어나 홀로 표류된 기분이 들었다.

그러다 문득, 궤도 이탈을 인정하기로 마음먹었다. 그리고 돌아갈 수 없음도 받아들이기로 했다. 가장 중요한 덕목은 '나는 본래 이래야 할 사람인데 피치 못하게 지금은 그렇지 못해. 하지만 언젠가는 꼭 그렇게 될거야'라는 기대를 버리는 일이었다. 조바심을 늦추고 담담히 힘을 내기로, 지금의 나를 이상적인 나에 도달하는 과정으로 여기는 가정법에서 스스로를 자유롭게 해가는 연습을 시작했다. 지금의 나를 감사하는 아량까지는 발휘하지 못하더라도 그저 믿기로 했다.

프리랜서 작가로 지내며 카페는 자주 가지 못하지만, 대신 뒷산에는 수시로 올라간다. 한 바퀴를 크게 돌면

한 시간 반 정도 걸리는 등산 코스 중에서 특히 하늘로 시원하게 쭉 뻗은 삼나무가 모여 선 길을 좋아하는데, 그곳에 잠시 멈춰 이어폰에서 흘러나오는 좋아하는 노래를 듣고 있자면 나도 모르게 세상만사에 관대해진다.

'글을 써서 고기반찬까진 버거워도, 쌀밥은 매끼 챙겨 먹을 수 있으니 얼마나 다행인가.'

그런 낙관을 하게 된다. 평일 낮의 햇살이 그렇게 사람을 순하게 만드는 것이다. 이는 프리랜서라 가능한 사치이기에 어깨가 조금 으쓱해진다. 내가 나를 좋아하게 되는 순간이다.

회사에 다니든, 프리랜서로 일하든, 지루함은 길고 고통은 반복된다. 때론 살아가기 위해 삶의 많은 부분을 희생해야 함을 마주한다. 그 속에서 우린 삼나무 숲의 햇살 같은 찰나의 행복을 소중히 하며 각자의 궤도를 돌아갈 뿐이다. 나의 하루에 좋아하는 작은 구석을 만들어 밥벌이의 고단함을 스스로 위로하고 대견해하는 것이다.

어느 쪽이든, 어떻게 되든
밑져야 본전이야.
왜냐하면 어느 쪽이든
엄청난 여행이 될 테니까.

- 라이언 스톤 박사(산드라 블록 분), 영화 <그래비티>에서

재작년 겨울, 나는 상수동의 한 옥탑방을 들락날락거렸
다. 그곳엔 인간생각이라는 생각지도 못한 꽃집이 수줍
게 자리 잡고 있다. 소공녀가 살던 작은 다락방을 떠올리
게 하는 이 공간에서 꽃 수업이나 양초 만들기 수업을 들
으며 건전한 취미 생활에 빠지기도 하고, 조그만 화로에
소시지를 구워 먹거나, 두어 번 만났을 뿐인 이들과 일본
여행을 계획하기도 했다.

　　마치 아지트처럼 사람을 모이게 하고 새로운 일을
도모하게 하는 묘한 기운을 가진 인간생각이란 거점, 그
중심에는 호기심 많고 판 벌리기를 좋아하는 대표 이혜
경이 있다. 오랜 회사 생활을 접고 삼십 대 후반에 지금
의 꽃집을 창업한 그녀는 대부분 사전 주문으로만 꽃을
판다. 주문하는 이의 사연과 기호를 상담하고 그로부터
연상되는 꽃다발을 만든다. 누군가는 꽃 하나 사는데 꽤
나 묻는 게 많다고 귀찮게 여길지도 모르지만, 그런 디테

일에서 자신의 스토리가 담긴 하나뿐인 꽃다발이 완성되고 인간생각의 특별함이 전해진다.

생김새부터 주문 프로세스까지 도무지 그간 알던 상식과는 다른 꽃집, 인간생각만의 디테일을 공감하는 이들에게만 유효한 공간, 상시 문을 여는 것도 아니고 길에서 잘 보이지도 않는 곳, 심지어 늘 꽃이 준비되어 있지도 않은 조금 희한한 이 꽃집을 혜경은 대체 왜 시작한 것일까?

저는 삼십 대 후반부터의 언니만 만났잖아요. 이십 대 시절은 어땠어요?

대학을 졸업하고 바로 취직했어요. 컴퓨터 관련 전공이었는데 졸업할 무렵은 모든 기업이 홈페이지를 만들기 시작하고 웹 서비스 벤처기업을 창업하는 교수님들도 많던 시기였어요. 급속히 확장되는 시장의 크기를 감당할 만큼 관련 지식을 가진 인력풀이 충분하지 않았기 때문에 취업 걱정은 크지 않았죠. 결국, 교수님 소개로 웹에이전시에 웹 페이지를 프로그래밍하는 개발자로 들어가서 일을 배우고 미친 듯이 일했어요.

어떻게 보면 운이 좋았네요.

취업 시기가 좋기도 했지만, 개인적으로 사회생활의 출발점에 대한 시각이 좀 남달랐던 것 같아요. 남들이 다 원하는 시작점에서 굳이 경쟁할 필요가 없다고 생각했거든요. 그래서 규모가 작은 벤처 회사에 취직했어요. 일단 무슨 일이든 시작하는 게 중요하고, 당장은 내가 기대한 업무와는 좀 다른 걸 하게 돼도 하다 보면 길은 어디로 날지 모르니, 그 자체가 또 다른 가능성이라 생각했어요.

꽤 오랜 직장 생활을 했어요. 그러다 마지막 직장을 그만둔 이유는 뭐예요?

이십 대에 두 군데 정도 벤처 기업에서 웹 개발자와 기획자로 일하면서 많은 일을 배웠어요. 특히 기획자가 되었을 때는 웹페이지를 만드는 일을 넘어 클라이언트와 의견을 조율하는 것부터 디자인에 이르기까지 전반적인 업무를 담당할 수 있어서 나의 커리어를 한 단계 끌어올릴 수 있었죠. 굵직한 기업들, 특히 금융권의 클라이언트와 친해지며 금융 관련 대기업의 온라인팀으로 스카우트되었는데, 그곳이 마지막 직장이 되었어요.

8년 정도 다니다 그만두게 되었는데, 조직에 대한 회의감이 드는 사건이 있었어요. 구체적으로 말씀드리긴 어렵지만, 계약을 진행하는 과정에서 문제가 발생했는데 이를 누군가 책임져야 하는 상황에서 실력보다 정치가 우선되는 조직의 민낯을 보게 되었어요. 결국 해당 프로젝트의 담당자였던 제게 책임이 지워졌는데, '싱글 여성'이기 때문에 '한 집안의 가장인 남자 팀장'보다는 리스크가 적을 것이다라는 조직의 암묵적 판단이 작용했죠. 그 사건을 계기로 조직에게 매우 실망했고, 사회생활 자체에 회의를 느꼈어요. 다른 조직으로 간다 해도 이런 문제는 반복될 것 같아서 아예 업을 바꾸게 되었죠.

독신 여성에게 씌워지는 불공평한 프레임이 존재하는 거네요.

회사마다 차이는 있겠지만 사회에서 30대 독신 여성을 대하는 몇몇 정형화된 인식이 존재하는 건 확실하다고 생각해요. 거취에 대한 결정을 내릴 때 부양 가족이 없다는 전제로 덜 벌어도 된다 여겨지거나 주어진 일을 열심히 하면 농담 반 진담 반으로 '연애를 못해서 저렇게 일에 빠져 있다' 같은 말을 듣기도 해요.

여성에게는 맡은 업무와 관계없이 사생활에 관한 가치 판단이 자행되는 경우가 많은 것 같아요. 제가 근무할 당시에 여성 상사 분이 계셨는데, 그분은 기혼에 아이도 있었어요. 그런데 회사 업무가 바빠서 아이의 소풍 같은 행사에 한 번도 가지 못했었나 봐요. 언젠가 동료들끼리 그런 대화를 나누는데 "저렇게 일하지 말고 집안일에나 좀 더 신경 쓰지" 같은 말을 아무렇지 않게 하곤 했죠.

그래도 직장 생활을 하면서 제일 잘했다 싶은 건 어떤 점이에요?

열정적으로 일했다는 것. 회사를 나오고 나서 전 직장 사람들에게 "이혜경 과장이 있었더라면 쉽게 해결되었을 문제였는데…" 같은 말을 몇 번 들었는데, 그게 이상하게 기쁘더라고요. 그래, 어쨌든 내가 참 열심히 했었지 싶어지는 거죠.

인간생각은 어떻게 시작하게 되었어요?

회사를 다니며 플로리스트 전문가 과정을 수료하고 이미 사업자등록증도 가지고 있긴 했어요. 가끔씩 업무 외 여유 시간에 주문받은 꽃 작업을 하기도 하고요.

제가 본래 하던 일이 온라인 속 가상공간에 화면을 만들어 서비스를 제공하는 것이어서 6~8개월 정도 긴 호흡으로 진행하는 경우가 많았어요. 그런데 꽃이란 건 손으로 실물을 만지면서 짧은 시간에 내 신경을 집중해서 결과물을 내는 일이잖아요. 그런 전혀 다른 매력에 끌리기도 했고 그간 회사 생활을 통해 키워온 센스나 감각 같은 것들도 헛되지 않게 드러내는 일이었으니 재미있었어요.

직장을 그만두고 자영업을 시작하기로 결정했을 때, 선택의 두려움은 어떻게 극복했어요? 직장인으로서 길들여진 삶의 관성을 깨고 완전히 새로운 인생을 시작하는 기로였잖아요.

총 15년간 이어온 회사 생활을 접고 꽤 흔들렸어요. 그간의 인생이 별다른 굴곡 없이 평탄하게 이어졌는데 처음으로 내가 꺾였다 싶은 기분이 들었죠. 사방이 막막하더라고요. 하지만 내 자신을 시험해보고 싶었어요. 사실 제가 회사에서 해왔던 홍보나 기획은 이미 인지도가 높은 기업에서 어마어마한 비용을 투자해 이루어지는 것들이었어요. 심하게 말하면 브랜드 네임 밸류와 돈이 거의 모든 것을 해냈다 할 수 있죠. 그래서 가끔 주변의 자영업을 하는 친구들이 웹 기획이나 브랜딩 같은 내용에 대해 물어도 좋은 솔루션을 주지 못했어요. 내 것을 만들어 브랜드나 투자금 없는 모델에 관해 공부해보고 싶었죠.

직장을 다니는가, 다니지 않는가라는 선택을 하기보다는 현재 자신의 일에 너무 빠지지 않는 게 중요한 것 같아요. 일이 곧 내 인생이 되지 않도록요. 한 발짝 물러서서 바라보면 다른 풍경이 보이거든요. 직장에 다닐 때도 나를 잃지 말고, 할 말은 해야 해요. 그게 적당히 일하라거나 무작정 자기 편할 대로의 의견을 전부 말하라는 뜻은 아니에요. 자신이 맡은 일에 한해서는 확실한 목소리를 가지고 있어야 하고, 회사의 부품이 아닌 나 자신으로 일하라는 의미죠.

그러기 위해서는 자신이 무슨 일을 하고 있는지 정확히 알아야 해요. 의외로 지금 자신이 무슨 일을 하는지 제대로 이해하고 있는 사람이 많지 않아요. 그저 시키니까 주어진 몫을 정신없이 수행하는 경우가 허다하죠. 내 몫의 일의 앞뒤 과정을 보세요. 자신의 업무만 기계적으로 처리하지 말고, 자신의 일이 왜 필요한지, 어떤 과정을 거치는지, 일의 전반을 파악하고 있는 것이 중요해요.

내 것만 보면 불안해요. 이게 아니면 안 될 것 같으니까, 그런데 한 발 물러서서 좀 더 넓게 보면 선택지가 많아져서 덜 불안해요. 주체적으로 나 자신을 좀 더 믿을 수 있죠. 저 또한 그렇게 불안감을 극복했던 것 같아요.

인간생각은 다른 꽃집과는 많이 달라요. 수익 구조나 마케팅 방법도 기존과는 차이가 있는 듯 보이는데요.

창업비용을 최소한으로 설정했어요. 아직 확실한 수입 구조도 없었고, 창업 자체가 저에게 큰 모험이었기에 최대한 리스크를 줄이려 했죠. 그래서 공간도 옥탑방에 얻고 꽃도 예약을 받아 준비했기 때문에 큰 비용이 들지 않았어요.

본격적으로 인간생각을 꾸리면서 가장 먼저 브랜드의 정체성에 대해 톤앤매너를 설정하고 타깃팅을 하는 작업을 했어요. 내가 만나고 싶은 고객 군을 설정했죠. 인간생각이 불특정 다수가 모두 만족할 만한 꽃집은 아니거든요.

시장 조사를 했을 때 전체적인 퀄리티는 높은데 특색이 없다는 점이 마음에 걸렸죠. 다들 영국, 파리 아니면 어떤 유명한 플로리스트 스타일을 내세우고 있더라고요. 저는 기존의 범주와는 좀 다른 저만의 스타일을 찾고 싶었어요. 스타일을 말로 풀자면 '무심한듯 시크하게'라고 할까요? 굳이 벤치마킹 할 대상을 찾는다면 시드니에서 즐겨 하는 스타일에 가까웠는데요. 식물에 인위적인 손길을 많이 가하지 않으면서 자연스러운 본래의 형태 자체를 살리는 걸 중시하죠. 그래서 그런 스타일을 좋아하는 사람, 기존과는 꽤 다른 운영 방식을 이해하고 흥미로워 할 사람들을 대상으로 운영하려고 했어요.

　　다음으로 홈페이지나 SNS 운영할 때 브랜드의 톤앤매너를 표현할 사진을 어설프게 찍으면 안 된다는 생각에 포토그래퍼와 협업하며 신경을 썼죠. 마케팅, 특히 꽃집을 알리는 데 말은 부차적이고, 강력한 이미지 한 장이 필요하다고 확신했거든요.

그런 실험들은 성공적이었나요?

　　인간생각 계정을 만들어 운영한 지 얼마 되지 않아 매거진에서 연락이 와 몇 군데 인터뷰를 진행하게 되었어요. 옥탑방에 위치한 주문제 꽃집이라는 점이 신선하게 다가갔던 것 같고, 크고 작은 홍보의 기회가 이어져 인간생각을 알릴 수 있었죠.

꽃으로 수익을 낸 건 1년 정도 지난 후였어요. 판매
만은 아니고 매주 예식장 장식이나 플라워클래스 등 꽃
관련 사업을 통틀어서 생각해봤을 때요.

꽃집을 운영하며 어떤 점이 가장 힘들었어요?

1인 창업을 생각했을 때 꽃집, 카페 이런 직종을 많
이 떠올리게 되는 것 같아요. 진입 문턱도 낮은 편이라
하고, 감성적이게 보이니까요. 하지만 SNS 속 이미지와
현실은 전혀 다르다는 점을 반드시 알고 있어야 해요.

일단 꽃집의 판매나 수업만으로 성공하기는 매우
힘들어요. 실제로 많은 꽃집들이 쉽게 문을 열었다 쉽게
닫고 있고요. 저는 좀 특이한 경우예요. 꽃을 우선순위에
두고 있긴 하지만 브랜딩 관련 일들도 프리랜서로 하고
있거든요. 현재 매주 꽃 장식을 하고 있는 웨딩홀도 제가
디자인 관련 운영에 참여하고 있기 때문에 맡게 된 것이
고요. 그래서 꽃에 더해 무언가를 더 해야 하는 것 같아
요. 꽃만으로는 살아남기가 힘드니까요.

그리고 장사라는 게 정말 외로운 일이더라고요. 가
게를 여는 순간, 누군가 나를 만나러 와주길 기다리는 날

의 연속이죠. 내가 먼저 다가갈 수가 없어요. 계속해서 누가 찾아오길 바라야 하죠. 그래서 한동안 손님이 없으면 흔들리며 정체성을 잃기 쉬워요. 내가 하고자 했던 것들을 버리고 소위 팔릴 만한 아이템만 찾기 쉽죠. 하지만 그 순간에도 어느 정도 변화는 받아들이더라도 내가 세운 기준의 마지노선은 지킬 수 있어야 해요. 고유의 정체성을 잃게 되면 결국 장기적으로 승산이 없는 상황이 발생하니까요.

직장인일 때와 자영업자일 때 스스로 많이 변화했나요?

직장 생활을 할 때는 내가 다니는 회사가 세계의 전부인 줄 알았어요. 우물 안 개구리로 살며, 아무리 세계여행을 다닌다 해도 결국 우물 안에서 바라본 하늘에 기뻐할 뿐이었죠. 어쨌든 만나는 사람들이 나와 비슷한 일을 하고 비슷한 생활 패턴을 가지고 비슷한 생각을 하는 이들뿐이잖아요.

그런데 직장을 나와, 세상에는 굉장히 다양한 사고방식과 삶을 가진 사람들이 존재한다는 것을 알게 되었어요. 그들을 통해 나의 세계도 넓어지는 경험을 하고 무엇보다 새로운 만남들 자체가 재미있어요.

이제 사십 대가 되었어요. 다가오는 10년은 어떻게 보내고 싶어요?

지금 내가 하는 일을 순조롭게 이어나가고 싶고, 덧붙여 건강하고 싶어요. 주변의 누가 아프다더라, 건강이 먼저지, 같은 말들은 부모님 세대가 쓰는 것이라 여겨왔는데 최근 들어 주변의 친구들이 그런 말을 하기 시작했거든요. 만병의 근원은 스트레스이니까, 그로부터 좀 더 편해지려고요.

우리, 10년 후에도 잘 살 수 있을까요?

너무 조급해하지 말아요. 엉킨 실타래 같은 삶의 문제들은 계속해서 앞에 놓이겠지만, 가장 먼저 풀 수 있는 작은 실마리를 찾는다면 그게 꼬리의 꼬리를 물고 다음 해답으로 이어질 거예요.

고개를 수그리다
문득 올려다 본 밤하늘이 너무 예쁜 것처럼
계단에 지칠 때쯤
뜻밖에 나를 맞이하는 옥상의 꽃집처럼

삶은 망설이면서도 한 걸음 한 걸음
걸어가는 사람을 위해 생각지도 못한
선물 같은 순간을 준비하고 있다.

a night for tomorrow

내일로 흘러가는 밤하늘

일찍이 신신애 언니는 인생 살면 칠팔십은 화살같이 속히 가니 정신 차리라고 경고했었다. 사팔뜨기 눈을 뜬 채 〈세상은 요지경〉 춤을 따라 비틀거리던 어린 시절에는 가사의 뜻 따위 상관없이 마냥 재미있기만 했었는데, 어느 순간 '화살같이 속히 간다'만큼 나이 듦을 비유하기에 적절한 표현이 없음이 피부로 와 닿기 시작했다.

　　해를 넘기는 속도가 빨라지니 이대로 하루하루 흘려보내다 어느 사이 성장은 멈춘 채 숫자만 느는 어른이 돼 있는 것이 아닌지 두렵다. 이전엔 무슨 일이 하고 싶은가란 고민에 숱한 밤을 지새웠다면, 지금은 거기에 더해 어떤 사람이 되고 싶은가란 고민까지 생긴다.

　　나이가 들면 살아온 인생이 인상에 그대로 묻어난다는데, 그 말이 제법 타당하다는 생각이 든다. 눈가와 입매에 인자함이 묻어나는 웃음 주름이 자리 잡은 어른을 볼 때면 나도 저렇게 늙고 싶다는 바람을 품게 된다.

숫자에 어울리는 어른스러움은 무엇일까 퍽 진지한 생각
이 스치는 순간이 늘었다.

　　정확하진 않지만 적어도 열 번은 훨씬 넘게 도쿄 여
행을 해보았다. 심지어 그곳에서 유학생활을 한 경험도
있지만, 단 한 번도 도쿄타워에 가본 적이 없었다. '가봤
자 그냥 남산 타워 비슷하겠지' 싶은 생각에서였다. 이제
도쿄는 동네처럼 아무렇지 않게 다닐 수 있다 자신할 정
도가 되었지만 정작 내가 가는 곳들이란 생각해보면 매
번 같은 장소가 팔 할 이상이다.
　　그래서 지난 봄 도쿄에 갔을 때 마음먹고 도쿄 타워
에 가보기로 했다. 짐작만으로 판단했던 곳을 직접 눈으
로 보기로 한 것이다. 그렇게 마주한 도쿄타워는 내 상상
과는 꽤 달랐다. 그 형태야 이미 사진이나 영상을 통해서
수없이 봐왔던 것이지만, 실물이 전하는 감성이나 영향
력은 내가 짐작했던 바와는 큰 차이가 있었다. 너무 익숙
해 지루할 것이라 생각했는데, 전혀 그렇지 않았다. 직접
보지 않고는 판단할 수 없는 강렬한 이미지와 감동이 있
었다.

나이가 들수록 상대를 속단하게 되는 것 같다. '그럴 것이야'라고, 내 경험이 어디에나 만능으로 적용될 거라 오해하고 좋아하는 것, 싫어하는 것 또한 단단해진다. 어쩌면 삶의 시행착오를 줄인다고 생각했던 방어들이 내 세계의 면적을 줄이고 있는지도 모른다. 눈앞에 두고도 콧방귀 꼈던 도쿄타워처럼 그렇게 내 인생에서 놓쳐버린 사람, 사랑, 기회가 얼마나 많았을까를 생각하게 된다.

〈스시장인: 지로의 꿈〉이란 영화에는 인생 마지막 날까지 오늘보다 더 나은 스시를 만들겠다는 꿈을 가진 장인이 나온다. 그와 거래하는 상인들도 하나같이 오랜 인연을 이어가며 자신의 업에 프라이드를 가진 이였는데, 그중 생선 가게를 운영하는 한 중년의 상인이 이런 말을 한다.

"내 나이에도 새로운 기술을 속속 깨닫습니다. 다 안다 싶어도 자기기만임을 깨닫고 나면, 기분만 우울해져요."

주말 아침, 어젯밤 친구와의 저녁 식사 후 귀찮아서 그만둘까 하다가 아무래도 아까워 싸온 식어 빠진 피자가 그렇게 반가울 수가 없다. 살며 겪는 모든 순간들과 만나는 모든 이들이 어제 저녁 친구들과 먹다 남아 포장해온 이 피자조각 같은지도 모른다. 귀찮고 하찮아 버릴까 싶었지만 혹시 몰라 간직해온 것이 다음 날 아침 게으르고 가난한 식탁의 반가운 한 끼가 되어주듯, 인생의 모든 순간은 예상치 못한 순간에 나름의 쓰임과 의미를 갖게 되니 말이다.

식은 피자를 베어 물며 완벽하게 좋은 사람은 될 수 없겠지만, 조금씩 나아지는 사람은 되고 싶다고 생각한다. 내가 나를 열어둘 수 있기를, 나에게만 심취해서 나만큼만 아는 것에 머무르게 되지 않기를, 미래에서 기다리는 자신에게 간절히 바라본다.

시간은 당신의 눈빛을 조각한다.

선택을 연습 중입니다

예전 유행했던 〈인생극장〉이란 예능 프로그램이 있다. 중요한 선택의 기로에 놓인 주인공이 A를 선택했을 경우와 B를 선택했을 경우 각각 어떤 결과가 이어질지를 모두 보여주는 짧은 드라마 형식의 구성이었다. "그래, 결심했어"를 외치며 두 가지 삶을 다 살아보는 이휘재의 모습에서 일종의 대리만족을 느끼곤 했다.

우리 삶의 진짜 선택은 흑과 백이 명확하게 그어지지 않는 애매함 투성이기에 그중 1그램이라도 더 기우는 쪽을 찾으려 부단히 고민한다. 하지만 선택이 지난 후, 불현듯 떠오르는 가지 않은 길에 대한 미련과 그 뒤에 이어졌을 결과에 대한 상상은 어쩔 수 없다. 모든 선택 뒤에는 반드시 후회가 있고 그저 그것이 조금 덜한 쪽을 고르려 애쓸 뿐이다.

'만약 다른 선택을 했더라면 어땠을까?' 하며 해보는 수많은 가정들, 그로부터 그려보는 '지금과는 다른 모습의 나'는 막연한 공상과 망상 속에서만 가능하기에 늘 더욱 아름답고, 좀 더 아쉽게 느껴지지도 한다.

어머니는 순간순간의 선택이 나비효과처럼 번져가며 인생의 방향을 정하게 될 거라고 말씀하셨는데, 지금 난 좋은 선택을 해나가고 있는 것일까. 지금의 내가 내일의 나에게 어떤 원인이 될지 상상하면 매사가 조심스러워지기도 한다.

6년 전, 자전거 잡지사의 기자로 일하던 시절 손혜진을 알게 되었다. 현재 제주도에 거주 중인 그녀는 딱 한마디로 직업을 소개하기 어려운 공사다망한 여자이다.

우리는 부산국제여객터미널에서 처음 만났다. 남편과 둘이서 자전거로 전 세계 일주를 떠나기 직전의 그녀를 취재하는 자리였다. 양궁 실업팀에서 선수생활을 하던 혜진은 행복해지기 위해 떠나기로 결정했다며 홀가분한 미소를 지어 보였었다. 그리고 2년이 조금 넘게 부부는 자전거로 세계를 누볐고 나는 사무실에 앉아 두 달에 한 번씩 이메일로 그녀가 보내오는 여행기를 잡지에 연재했다.

이후로 한국에 돌아온 그녀는 제주도로 잠시 여행

을 간다더니, 얼마 후 그곳에 살아보기로 했다는 소식을 전해왔다. 건축에 대해서는 문외한이던 그녀의 남편은 맨손으로 자신들이 살 집을 하나씩 배워가며 짓기 시작했고, 1년 후 집의 모양새가 갖춰갈 때쯤 셰어 하우스를 시작했다.

가끔 연락을 주고받을 때마다 혜진에게는 새로운 직업이 하나씩 더해졌다. 농사를 지었고, 문화협동조합 혼디에서 공연과 페스티벌의 기획을 맡았다. 은퇴 선수들에게 재사회화 교육을 제공하고 그들의 취업과 지역의 생활 스포츠 활성화를 돕는 퍼니스포츠 협동조합의 이사장 활동도 하고 있다. 최근에는 취미 생활로 중창단도 시작했다.

오늘 수화기 너머에서 매일이 축복받은 듯 행복하다 말하는 혜진의 목소리가 들려왔다. 그 목소리에는 조금의 주저함도 없었다. 나는 묻고 싶어졌다.

"정말 그렇게 행복하니?"

"그냥 하고 싶은 일들을 하고 사니 행복해요. '나 뭐하며 살지?', '뭘 해 먹고 살지?'에 전전긍긍하며 그 '뭔가'를 찾을 수 없을 것 같아 막막하던 때도 있었는데 이

젠 그냥 '나 뭘 하고 싶지?', '얼마나 하고 싶지?'에만 집
중하니까요."

혜진은 모든 것이 여행에서 시작되었다고 말했다.

"자전거로 떠났던 세계 여행, 모든 순간은 선택의
연속이었어요. 어떤 숙소에서 묵을지, 어떤 메뉴를 먹을
지 같은 소소한 일들부터 어디로 떠나 어떻게 시간을 분
배할 것인가에 이르기까지, 끊임없는 선택의 경험을 통
해 내가 진짜 원하는 것을 파악하고 명확하게 확신할 수
있게 되었다고 할까요? 처음 떠나는 순간에는 '고작 2년
정도의 여행이 뭘 그리 많은 것을 바꾸겠어?' 하며 별다
른 기대를 한 건 아니었어요. 하지만 생각보다 많은 것이
바뀌었죠. 다만, 그것은 전혀 없던 것을 새로 만들어내는
일이 아니라 이미 있던 것을 발견하는 과정이었어요. 여
행은 내 안에 있던 나를 발견하고 표현할 수 있도록 해주
었고 그 과정을 통해 가장 나답게 살 수 있게 되었어요."

마음이 원하는 것을 따른다. 어쩌면 태어나 살아가
는 모두의 바람일 테지만, 견고한 현실은 작은 결단을 실
행하는 데조차 엄청난 용기를 요구하곤 한다. 매번 그 용
기를 끌어 모으는 일이 힘들고 불안하지 않느냐고 물었다.

"물론 두렵죠. 새로운 일을 시작할 때, 새로운 사람을 만날 때는 언제나 걱정되고 특히 돈 문제만큼은 내 뜻대로 되지 않는 부분이에요. 하지만 그럼에도 불구하고 계속 도전하게 되는 이유는 완벽한 결과보다는 과정의 성취감에 의미를 두기 때문인 것 같아요. '어쨌든 시작했잖아'라고 생각하고 그런 자신을 기특해 해줘요.

그리고 일단 나를 발견하려면 스스로에게 집중해야 하니까, 많이 뻔뻔해져야 해요. 나를 중심에 놓고 선택하는 일도 자신을 아끼는 법을 배우는 과정이에요. 그러면서 어떤 상황에 놓이든 내가 원하는 선택을 할 수 있을 거란 자신감이 붙지요. 거기서 행복이 오는 것 같아요."

가끔 혜진을 볼 때마다 나는 여전히 우리가 처음 만났던 6년 전 부산국제여객터미널에 그대로 서 있는데, 그녀는 아주 멀리 나아간 듯한 거리감을 느낀다. 늘 나아가고 싶었는데 계속 제자리인 기분이었던 까닭은 뭔가 잘못해서가 아니라, 아무것도 선택하지 않아서였을까?

선택을 연습할 필요가 있다. 그렇게 마음먹자 곧바로 역시 여행인가, 싶은 생각이 가장 먼저 들어 잠깐 설렌다. 그러다 이내 그곳으로 떠날 차비조차 없다는 빠른 현실 자각에, 일단 지금 사는 서울에서 선택을 마주하자는 첫 선택을 했다.

대화를 마칠 즈음 혜진은 이야기했다.
"일단 식당에 가서 통일! 아무거나! 라고 하지 말아요. 다른 사람들 눈치 보지 말고 겁내지 말고 꼭 먹고 싶은 걸 선택해봐요."

희망은 좋은 소식이 나쁜 소식보다
우세한지 계산하는 데서 오는 것이 아니다.
희망이란 그저 행동하겠다는 선택이다.

- 안나 라페

여기보다 어딘가에

오랜만에 만난 대학 동창과 미술관 구경에 나선 길, 이런 우아한 문화생활이 도대체 얼마만인지에 대해 한참을 회고하던 우리는 전시장을 가득 채운 사람들에게 왠지 모를 거리감을 느꼈다.

"서울에서 조금 유명하다 싶은 곳에는 영락없이 사람이 가득하더라. 그렇게 자발적으로 어딘가 찾아다니는 에너지는 도대체 어디서 나오는 걸까?"

사람 많은 곳의 많은 사람 중 한 명으로 포함되기를 망설이지 않는 이들의 성실함, 그것이 자의든 타의든 간에 그러길 시도했다는 노력 자체에 존경심이 느껴진다. 사실 비관적으로 따지고 들자면 세상은 너무 쉽게 '해봤자'가 되어버리는 일이 많다. 먹어봤자 잊혀질 맛, 가봤자 치이기만 할 장소, 해봤자 돈만 들 일, 만나봤자 감동 없는 관계. 이미 높아질 대로 높아진 감정의 역치를 만족시키기는 여간 어려운 일이 아니다.

"~해봤자 뭐 특별한 게 있겠나"라는 나만의 합리화로 아무것도 하지 않았던 게으른 시간에 "너무 많은 사람들이 좋아하는 건 어쩐지 싫어", "대중적인 것에는 취향이 없어"라는 식의 반골 기질을 더해 지금의 나를 쌓아왔다. 그렇게 무리하지 않아도 좋을 정도의 관계와 새롭게 깨우치지 않을 정도의 패턴들로 가득 찬 일상, 지루함을 못 견딜 때면 며칠간의 여행을 떠났다가 돌아오곤 했지만 일탈의 약효는 횟수를 거듭할수록 미미해져갔다. 어쩌면 나는 너무 일찍 뛰어오르기를 포기한 우물 안 개구리인 걸까?

"우리도 가끔은 사람들이 많이 가는 좋은 곳에 가서 밥도 먹고, 예쁜 것도 보고 그러자."

대학 동창과 헤어지기 전, 조금 더 자주 만날 것과 조금 더 무리하며 살 것을 약속했다. 우린 아직 건전하게만 살기에는 너무 이른, 평온한 정착을 논하기에는 제대로 치열하게 부딪힌 적이 없는 개구리들이니까. 아직은 우물 밖을 꿈꾸며 조금 더 무리하자고, 그런 삶의 소란스러움에 뛰어들기를 망설이지 말자는 격려를 서로에게 전했다.

몇 년 전, 서울의 한 백화점에서 VMD(Visual Mer-
chan Diser)*로 일하던 아는 동생 문예림
이 영국으로 유학을 떠나겠다고 말했다.

* 상품이나 서비스를 브랜
드 콘셉트에 맞춰 시각적으
로 연출하고 관리하는 직종
이다.

"아깝지 않아?"

우물 밖으로 뛰어 오르려는 그녀의 준비 자세에 내
가 보인 첫 반응이었다. 당시 예림은 다른 이들은 유학을
갔다가 돌아와 자리를 잡기 시작하는 이십 대 후반이었
고, 무엇보다 밖에서 보기에는 꽤 괜찮은 회사를 다니고
있다고 여겼기 때문이다.

하지만 밖에서는 안의 풍경을 볼 수 없는 법이었다.
사실 예림은 한국에서 회사를 다닐 때 그야말로 밥 먹듯
이 야근을 했다. 디자인 쪽 일이 보통 그렇기도 했고, 상
사가 8~9시에 퇴근하니 그보다 앞질러 회사를 나설 수
가 없었다. 회사에서 보내는 시간만으로 삶이 가득 찼고
한숨을 돌릴 만한 혼자만의 여유가 좀처럼 주어지지 않
았다.

"백화점 VMD로 많은 경험을 할 수 있었으니 그 선
택에 후회는 없어요. 다만 한국 사회의 직장 문화에 실망
스러운 점이 많았죠. 학연, 지연이 중요한 회사에서 지방
대 출신인 저는 프로젝트에서 배제될 때도 많았고, 회사

는 어떻게든 예산을 줄이려고 무리한 요구를 감당하게 하거나 인간적인 대우를 배제한 채 사람을 함부로 대할 때도 많았어요.

하지만 유럽에서의 디자인 공부를 줄곧 동경해서 유학을 마음먹고 있었기 때문에 회사에서 겪는 어려움에 크게 개의치 않았던 면이 있어요. 어차피 곧 떠날 회사라고 생각했으니까요. 그래서 회사를 그만둘 때 아깝다는 생각이 별로 들지 않았나 봐요. 이 회사는 내 인생을 스스로 가고 싶은 대로 이끄는 과정의 하나였던 것이죠. 어떤 근거가 있었는지는 모르겠는데 제 선택에 확신이 있었어요."

예림은 영국에서 대학원 유학을 마치고 독일의 한 글로벌 기업의 VMD로 일하게 되었다. 2년 전쯤 그녀의 취업 소식을 들었을 때, 뭐라 말하긴 어려운데 걱정은 하지 않는다 말하며 떠나던 예림의 목소리가 떠올랐다.

예림은 한국 직장과 독일 직장의 가장 큰 차이는 업무를 익히는 과정에서 이루어지는 소통의 방식이라고 말했다.

"한국에서 신입일 때는 주어진 미션을 해내는 법에

대해 혼자 알아서 배우고 깨달아야 했어요. 하지만 충분한 결과를 내지 못하면 이것밖에 못하냐며 많이 혼났지요. 업무와 관계해서만 혼나는 게 아니라 저라는 사람 자체를 부정당하는 느낌이 들 때가 많았어요. "너는 이게 예쁘다고 생각해?", "취향이 이것밖에 안 돼?" 같은 추상적인 비난도 있었고요.

그런데 독일에서는 제가 낸 결과물을 거절당할 때 합리적인 이유를 설명해주는 점이 달랐어요. 너의 방법은 이런 장점을 가지고 있긴 하지만, 우리가 추구하는 바랑 어떻게 다르니 이러이러하게 수정을 하자며 구체적인 방향을 제시하죠. 일은 철저히 일로서만 대하기 때문에 저의 개인적인 인성이나 사생활을 연결시켜 그것을 비난하거나 부정하는 일이 없고요. 기본적으로 회사의 매뉴얼이 디테일하게 정해져 있다 보니, 그를 바탕으로 가르쳐줄 수 있는 듯해요."

스무 명가량 되는 예림의 팀에서 그녀는 유일한 한국인이다. 멕시코인 동료 한 명을 제외하면 모두가 독일인이라고 한다. 독어를 거의 하지 못하는 예림은 영어로 소통하지만, 독일어를 모르기에 생기는 동료들과의 거리는 어쩔 수 없다.

"외국인 근로자로 일하며 가장 힘든 부분은 언어예요. 동료 대부분이 영어가 가능하기 때문에 1대1 소통은 큰 문제가 없어요. 하지만 다 같이 모였을 때는 독어로 이야기하니까 어쩔 수 없는 소외감을 느끼게 되죠. 동료 사이에 자연스레 오가는 팀 내 분위기에 대한 일상적인 대화나 인간관계, 요즘의 이슈 같은 것을 파악할 수 없으니 답답하고 나만 고립된 기분도 드는데, 한편으로 좋은 핑계거리가 돼요. 사사롭고 복잡한 일들에 신경 쓰지 않아도 되니까요."

독어 배우라고 못되게 구는 사람은 없는지, 노파심에 물으니 물론 있단다. 면전에서 얼른 독어를 배우라고 재촉하기도 하고, 일부러 독어로만 말하며 못되게 구는 이도 있지만 기본적으로 신경 안 쓴다는 대답이 돌아왔다. 예림은 생각보다 무심했고, 염려보다 의연했다.

"나는 외국인이니까 애초에 목표를 좀 낮추자는 생각을 하면 스트레스를 덜 받아요. 다른 부분까지 신경 쓰느라 내 몫도 못하기보다는 나에게 주어진 몫의 일만 확실히 하자, 라고 다짐하죠."

'그러하진 않을까' 싶어 염려하는 물음에, 예림은 '그러든지 말든지'로 문제를 뛰어 넘는 답을 전했다. 여기 아닌 다른 가능성에 관한 상상을 가로막곤 했던 자잘한 걱정들이 무색해짐을 느꼈다. 그런데 예림의 담대함은 주변의 분위기가 미치는 영향이 적지 않아 보였다.

"서른이 넘어 문득 나이 먹음에 울적해지기도 하다가, 주변에서는 아무도 내 나이를 신경 쓰지 않는다는 점을 깨달았어요. 서양 친구들은 동양인의 나이를 가늠하기 어려워하고 나이 대에 상관없이 친구가 되기 쉬운 면이 있어요. 요즘 회사에서 친하게 지내는 동료가 열아홉 살인데, 서른한 살인 저와 좋은 친구로 지내요. 사람을 판단할 때 나이를 앞에 두지 않으니 한결 자유로워진 것 같아요."

덧붙여 독일에서는 취업할 때 나이나 성별 란이 따로 없으니 취업에서도 나이가 많아 뽑히지 않으면 어쩌나 하는 고민은 덜한 편이라고 했다. 그리고 예림의 여성 동료들은 직장과 관련해서는 결혼과 임신, 육아에 대한 두려움이 크지 않은데, 그 밑바탕에는 철저한 사회 보장 시스템이 존재한다고 말했다. 육아휴직을 눈치 보지 않고 쓸 수 있고, 남편에게도 의무적으로 육아휴직이 주어지는 등의 사회 시스템이 당연하게 자리 잡은 속에서 안정감을 느끼며 자신의 삶을 꾸릴 수 있는 것이다.

"남성과 여성을 동등하게 대하는 인식이나 처우는 좋은데, 아시아인에 대한 차별은 있어요. 그런데 그런 차별적인 태도를 보이는 대부분의 사람들은 아시아에 가보지 못한 사람이 많아요. 독일이 최고인지 아는 우물 안 개구리들이죠. 한국에 가봤거나 한국을 알고 있는 친구들은 바라보는 눈이 달라요. 발전된 도시의 모습이나 편리한 사회 시스템 등을 직접 눈으로 보았기 때문에 문화에 대한 관심도 높죠. 그래서 아시아인, 한국인을 차별하는 이들은 사람이 악해서라기보다, 시야가 좁아서인 탓이 크다 싶어요. 그런 애들까지 신경 쓸 필요가 없죠. 이미 주변에 포용력이 넓은 괜찮은 애들이 많은데 그 친구들과만 시간을 보내기도 바쁜 걸요."

직장과 인간관계에 이어 외국 생활을 하면서 연애와 결혼에 대한 가치관까지도 변했다는 예림에게 물었다.

"계속 거기 있고 싶어진 거 아냐? 한국에 돌아오고 싶지 않을 것 같아."

"제가 겪은 경험들이 한국이어서 그렇고 독일이어

서 그렇다고 일반화할 순 없어요. 혹시 기회가 생겨 한국에 좋은 프로젝트가 있다면 돌아갈 생각도 있어요. 외국에 사는 일이 마냥 로망 속의 한 장면 같지는 않아요. 어느 나라든 여행으로 올 때 다르고, 학생으로 공부할 때가 다르고, 이방인으로 일할 때가 다르니까요.

다만 한국에서 평생 살고 싶다는 생각은 없어요. 제가 사회가 돌아가는 속도에 맞춰 살기가 힘들 거 같아서요. 외국에서 바라보는 한국은 굉장히 빠르다는 느낌이에요. 그게 마냥 부정적인 건 아니고, 덕분에 트렌디하고 변화무쌍해서 그런 면을 좋아하는 유럽인들도 많죠. 하지만 그를 체험해본 저의 경우엔 평화롭고 천천히 흐르는 이곳이 더 잘 맞는 것 같아요."

여기가 아닌 다른 곳에는 답이 있을까? 어쩌면 떠난 곳에서 또 다른 우물 안으로 들어가게 될지도 모른다. 하지만 자신이 본래 살던 우물로부터 뛰어올라 밖에서 안을 바라본 최초의 경험을 이미 가지고 있다면, 그것만으로 더 이상 어디에도 갇힌 존재가 아니다. 언제든 원하는 순간에 뛰어오를 방법을 몸이 기억하고 있을 테니.

"외국에서 살고 싶고 일하고 싶다는 사람은 많이

보았는데 구체적으로 방법을 찾아보는 사람은 거의 보지 못했어요. 간절함이 있다면 분명 길을 만들 수 있을 거예요." 예림은 말했다.

지금 나의 여기를 벗어나 또 다른 세상을 만날 것인지 아닌지는 선택의 문제일 거다. 하지만, 만약 그곳을 벗어나고 싶어졌다면 방법은 의외로 쉬운 곳에 있을지도 모른다.

우리에겐 별처럼 많은 가능성이 있어.

오늘도 돼지꿈

한밤중에 찾은 ATM코너의 조명은 물색없이 밝았다. 기계 위에 붙은 작은 거울에 비친 나의 얼굴을 눈을 들어 슬쩍 보고는 다시 숙였다. '사이버 머니도 아니고.' 통장 위에 숫자가 찍히자마자 사라지니 돈을 벌었다는 실감이 나지 않는다. 지금의 내 벌이로는 이 판을 바꾸지 못할 것만 같은데. 어디 하늘에서 목돈이 떨어졌으면 좋겠다.

운 좋게 이벤트에 당첨되어 호텔 스파 패키지를 체험할 수 있는 기회가 생긴 적이 있다. 막연히 좋은 목욕탕에 가는 건가 예상했는데, 알고 보니 피부와 전신 마사지를 받을 수 있는 기대보다 훨씬 그럴듯한 기회였다.

입구에 들어서자마자 직원이 나와 실내용 슬리퍼를 건네주며 신고 온 신발을 조심스레 쟁반 같은 것에 받쳐 들고 나갔다. 낡은 운동화를 신고 온 것이 한없이 후회되고 괜스레 초라해지는 순간이었다. 그래도 애써

당당한 태도를 유지하며 안내에 따라 마사지를 받으러 들어갔다. 실내 한 쪽의 통유리로 보이는 서울 시내 전경을 배경 삼아 취향대로 고른 허브차를 손에 들고 족욕부터 즐겼다. 그리고 좋아하는 향을 선택해 미리 켜둔 아로마 불빛이 은은하게 퍼지는 방으로 들어가 아뢰옵기 황공할 정도의 융숭한 대접을 받았다. 딱딱하게 굳은 어깨에 부드러운 손길이 오갈 때마다 나도 모르게 다짐하게 되었다.

'돈을 벌어야 한다, 돈의 맛은 참 좋구나'라고 말이다.

물질 만능주의는 불손하고, 돈과 행복은 별개라는 정답 같은 이야기는 잠시 접어두자. 흔히 로또 1등 당첨자들의 불행을 예로 들며 돈이 오히려 비극을 가져왔다고도 하지만, 그 이야기를 듣는 순간에도 100만 원만이라도 당첨되면 좋겠다는 생각을 하곤 하는 것이다.

동생 생일을 맞아 선물을 사러 나섰다가 눈길을 끈 청 남방을 사주고 싶었지만 아무리 생각해도 이걸 산 뒤에 이어질 생활의 팍팍함이 떠올라 결국 내려놓을 수밖에 없었다. 대신 청 남방의 반 정도 가격에 살 수 있었던 티셔츠를 골라 집으로 돌아오는데, 괜스레 서글퍼졌다.

이 또한 사치스러운 고민일지 모르겠지만 최근의 빈곤함이 유독 울컥한 순간이었다. 누군가 돈은 외로움을 잘 타서 없는 이에겐 가지 않고 있는 이에게만 자꾸 가고 싶어 한다고 했는데, 그래서 돈이 내게 오지 않는 걸까?

돈 이야기를 하다 보니 뭔가 격정적이 되어버렸지만 그렇다고 매사 돈 문제로 불만을 가지고 사는 것은 아니다. 딱히 명품 백 같은 화려한 물건에 대한 욕심이 있는 것도 아니고 무리하게 사치를 부리지도 않는다. 다만, 돈이 삶을 자유롭게 할까 싶은 기대가 있다. 적어도 내 삶이 월세와 공과금을 내고 나면 영화 한 편 보러 가기 망설여질 정도로 먹고사는 문제만으로 가득 차지 않았으면 좋겠고, 말도 안 되게 좋았던 호텔 스파를 부모님께도 떡 하니 한번 다녀오시라며 할 수 있었으면 싶고, 혹시 스스로 밥벌이가 힘들어질 순간에도 내가 나를 부족함 없이 뒷바라지 하고 싶다.

실수가 쌓이면 실력이듯 가난이 쌓이면 인색해지는 사람이 될까 두려울 뿐이다. 사실 경제적 가난함이 마음의 가난함으로 이어지는 것은 아무래도 피하기 어려우니 더욱 그렇다. '돈이 없어도 나는 행복하다네'의 경지에 오르기엔, 나는 지나치게 세속적이고 외식을 좋아한다. 나는 자연인이 될 수 없는 물질적인 사람이지만, 그래도 돈 때문에 우울해지진 말자를 다짐하며 삶의 균형을 유지하려 애쓰는 나날이다.

그래도 많이 벌지 못해 좋은 점도 있다. 정말 필요한 것을 선택해 구매해야 하니 '진짜 내가 원하는 것이 무엇인지' 알게 되기도 한다. 분별없이 사람을 만나지 않으니 소중한 이를 알게 된다. 결핍이 본의 아니게 선택과 집중을 부른다. 덕분에 인생이 좀 더 재미있기도 하다. 삶의 재미는 간절한 마음에서 시작되니 말이다.

돈에 대해 생각하다 보니, 결국 나는 많은 돈이 아니라 꾸준한 돈벌이가 필요하다는 데에 생각이 미친다. 10년 후에도 20년 후에도 이어지는 꾸준한 수입, 그게 가능할까에 대해 조금씩 불안감이 생겨나기 시작한다. 혼자서 살아갈 확률은 점점 높아지는데, 혼자를 책임질 능력은 그와 비례해 성장하지 못하고 있다.

이번 주에도 로또를 샀지만 또 꽝이다. 부자가 되는 일은 다시 다음 주를 기약한다. 5천 원은 너무 허황된 듯

하고, 천 원은 아예 가능성이 없을 것 같아 정한 3천 원어치. 다음 주에도 딱 3천 원 어치의 로또를 사러 가야겠다. 물론 웬만해서는 이루어지기 힘든 불가능에 가까운 기약이지만 그래도 혹시나 하는 마음으로 말이다. 다음 주엔 부자가 되어 있을지도 모른다는 제 멋대로의 핑크빛 미래를 상상하며, 지갑 속의 로또에 기대를 건다. 기대할 거리가 있는 일주일이 즐겁다.

깨어나기 싫은 꿈을 꾼 적 있나요?

49:51인 것들

적정한 소비 생활을 실천하고 알리는 경제교육협동조합 '푸른살림'의 박미정 대표는 타인의 돈 문제를 돕는다. 주요 업무는 돈에 대한 교육과 워크숍 그리고 일대일 상담으로, 그녀는 자신을 '생활경제코치'라고 소개한다.

　　그녀를 만나자마자 흔한 레퍼토리로 시작되는 돈 걱정을 털어놓았다. "딱히 명품을 산 것도 아니고, 비싼 옷을 해 입거나 사치를 부린 것도 아닌데 왜 늘 돈이 없을까요? 월급은 통장을 스쳐가고, 이미 쌓인 카드 빚 때문에 매달 다음 달 카드 빚을 갚으려고 일하는 기분이에요." 대강 이런 내용으로 말이다. 쳇바퀴 돌 듯 반복되는 돈을 벌고 쓰는 일. 이렇게 살다가, 나중에는 내가 나를 먹여 살릴 수 없을까 두려워서 돈을 잘 아는 사람에게 '돈 이야기'를 물었다.

제 나이쯤에는 어떤 경제 상태를 구축하고 있어야 할지

**사실 잘 모르겠어요. 대표님의 삼십 대 시절, 개인적인
경제 상황은 어떠셨나요?**

푸른살림의 창업은 2014년이지만, 2009년부터 생
활경제코치 일을 시작했는데요. 그 전에는 금융 기관에
서 재무상담사로 일했어요. 운 좋게 펀드가 호황을 누리
던 시절이라 적지 않은 수입을 올리며 경제적 여유를 누
렸었죠. 그런데 이후에 여러 외부적 상황으로 인해 신용
불량에 개인파산까지 두루 경험하며 그야말로 돈 문제를
혹독하게 겪었어요.

저의 삼십 대는 돈을 벌어도 보고 그 모든 것을 잃
어도 보며 결국 0이 되었다고 할 수 있을 것 같아요. 비
교적 이른 나이에 돈으로 인한 이런 일 저런 일을 감당하
며, 현재는 돈과 생활에 관해 어떤 균형점을 찾을 수 있
게 되었죠. 그 시기가 자양분이 되어 현재 타인의 돈 문
제를 함께 고민하는 일을 하고 있고요.

**돈 문제를 상담하러 오는 사람들은 주로 어떤 고민을 가
지고 오나요?**

주로 인생의 분기점에 선 분들이 많이 오세요. 결혼
을 준비하고 있다거나, 은퇴를 앞두고 있다거나, 일신상

의 큰 변화를 앞두고 있는 분들이 재무상담이나 소액창업 등을 의논하기 위해 많이 찾아주시죠. 그중에서 삼십대 여성들은 주로 자신의 돈 관리에 대한 고민을 많이 털어놓으세요. 얼마 전에도 한 분이 찾아 오셔서 오랜 시간 이야기를 나누며 상담했는데, 결론적으로는 그분의 돈 관리 방식이 전혀 나아지진 못했어요.

이처럼 경제 문제에서 솔루션을 찾지 못하는 경우는, 자기 자신에 대한 이해가 부족하기 때문이라고 생각해요. 많은 분들이 '어떻게 되고 싶다'는 이상은 있는데 정작 '내가 어떤 사람인가?' 하는 현재에 대한 고찰은 없거든요. 중요한 점은 '돈 관리를 어떻게 해야 하나?'가 아니라, '내가 돈 관리를 어떻게 하고 싶은가?'예요. 세상 사람들이 맞다고 말하는 기준을 따를 필요는 없어요. 나의 마음에 와 닿는 나만의 목표를 세워야 의미가 있죠.

그래서 상담 의뢰를 받으면 제일 먼저 "돈 관리를 해서 무슨 일을 하고 싶은데요?"라고 물어요. 이 질문에 대해 답할 수 없다면 아직은 더 고민이 필요한 시기라고 생각해요. 좋은 결론을 찾는 일이 급한 것이 아니에요. 왜 결론을 찾고 싶은지를 아는 것이 먼저죠.

돈에 관한 상담은 경제적으로 여유 있는 사람들이 이미 가진 돈을 잘 관리하거나 더 많이 벌기 위해 하는 일이라는 이미지가 있었어요. 그러니 별다른 재산을 가지지 않은 저 같은 사람에게는 굳이 필요하지 않으리라 여겼어요.

제가 하고 있는 돈 문제 상담은 일반적인 재테크나 재무 상담과는 다소 거리가 멀어요. 어떻게 하면 돈을 많이 버는가에 대해서 스스로도 잘 알지 못하고요. 돈에 대해 스킬이나 지식으로 접근하기보다 가치와 선택의 문제로 들여다보거든요.

경제 교육은 곧 삶의 기술이라고 생각해요. 우리는 어릴 적부터 무수히 많은 교육을 받아왔지만 정작 꼭 필요한 삶의 기술은 많이 배우지 못한 것 같아요. 돈 문제도 마찬가지죠. 이론적으로 수를 계산하고 경제 용어를 외운 적은 있지만, 정작 중요한 돈을 어떻게 벌어서 어떻게 써야 하는지에 관한 실전 기술은 제대로 훈련한 적이 별로 없어요.

펀드나 적금 같은 건 굳이 가입 안 해도 사는 데 지장이 없어요. '명품 백 한번 산 적이 없다' 이런 말을 많이 하는데, 그렇게 가끔 일어나는 씀씀이를 탓하거나 돌아보는 것도 가장 중요한 문제는 아니에요.

삶에서 가장 많은 부분을 차지하는 '먹고사는 데 드는 비용', 그 평범하고 일상적인 소비 생활을 돌아보는 것이 핵심이죠. 내가 사는 데 돈이 얼마가 들고 어디에 돈을 쓰고 있는지를 알면 계획을 세울 수 있거든요. 경제 교육은 결국 매일 쓰는 돈을 제대로 파악하고 이해하는 일이에요.

먹고사는 돈과 버는 돈이 늘 거의 비슷해요. 남는 돈이 없는 삶을 살고 있죠. 그런 현실이 문득 불안해져요.

일단 그래도 안 죽는다(웃음) 라고 말해주고 싶네요. 그게 살아 있다는 증거 아니겠어요? 먹고사는 데 돈이 든다는 것 말이에요.

여기서 질문을 던지고 싶어요. '10년 후에는 어떤 모습이고 싶은데?' 그에 따라 지금을 살면 돼요. 두 가지로 나눠서 생각할 수 있을 거예요. 지금처럼 살고 싶다면 살던 대로 살면 돼요. 하지만 달라지고 싶다면, 지금 바꾸어야 하겠죠.

만약 지금보다 나아지고 싶다고 마음을 정했다면, 그를 위해 현재 돈을 관리하는 일은 저절로 가능해질 거예요. 마음이 확실하면 과정은 저절로 따라가니까요. 확실한 지향점이 있다면 누가 시키지 않아도 지금 돈을 절약하게 되죠.

재미있는 것은 이미 모든 사람이 자신 안에 답을 가지고 있다는 점이에요. 그래서 저같이 상담을 하는 사람은 없던 결과를 만들어주는 일을 하는 게 아니라, 그 사람 안의 답을 같이 발견해주는 것뿐이죠. 답은 스스로 찾는 거니까요. 타인에게 충고를 들을 수는 있지만 타인이 제시한 답대로 살 수는 없잖아요.

나이가 들면서, 현재의 직업을 유지하지 못할 것이란 불안도 있어요. 새로운 일자리를 선택할 수 있는 폭도 점점 줄어들 테고, 그러다 보면 당연히 경제활동도 어려워지지 않을까 무서워지죠.

성향의 차이일 수도 있겠지만, 제 경험으로 일이라는 것은 사람들이 저를 필요로 하는가의 문제였어요. 사람들이 저에게 돈을 지불할 만큼 내가 그들이 필요한 무언가를 가지고 있는가? 그래서 누가 나를 고용해줄 것인가?

누가 나를 찾아줄 것인가?가 아니라, 내가 뭘 제공할 수 있는가?의 관점으로 접근해야 할 것 같아요. 타인의 요구에 맞추기만 한다면, 언제나 약자의 입장일 수밖에 없잖아요. 사람들의 수요를 쫓는 일만 하다 보면 굳이 나이 들어서가 아니라 지금 현재도 매 순간이 불안할 거예요. 내가 제공할 수 있는 생산의 영역을 고민해야죠.

물론 어려운 일이에요. 하지만 동시에 스스로 찾을 수밖에 없는 일이기도 하고요. 예를 들어 저의 경우는 '생활경제코치'라는 나에게 잘 맞는 일을 찾은 이후로는 미래에 대한 공포가 많이 사라졌어요. 이 직업은 나이가 들면서 쌓이는 다양한 삶의 경험이 오히려 나만의 노하우가 되어 직업적으로 힘이 되니까요. 자기에게 맞는 일을 찾는다면, 나이가 드는 일이 덜 공포스러울 거예요.

또 하나 말하고 싶은 건 아마 육십 대가 되어도 지금과는 일상이 크게 달라지지 않을 거라는 점이에요. 지금 돈을 벌어두고 그때는 일하지 않겠다고 가정하면, 현재가 두려울 수 있어요. 지금부터 일하지 않을 때를 대비해 여유분을 축적해두어야 하니까요. 하지만 나이가 들어도 현재처럼 계속해서 일한다고 생각하면 좀 달라지지 않나요?

저는 미래를 위해 모아둔 재산은 없어도 된다고 생각해요. 제일 강력한 것은 '돈을 버는 현재'이니까요. 그래서 저축하려는 노력보다 돈을 벌 수 있는 상태를 유지하려고 노력하죠. 그러다 보면 진짜 관심은 건강으로 향해요.

제 또래의 사십 대 여성들에게 물어보면 오히려 돈보다는 건강을 걱정해요. 외모만 보면 삼십 대와 크게 달라지지 않았는데 신체 기능은 오십 대의 중년을 향해가고 있거든요. 건강상의 문제가 시작되는 시기이죠. 개인차는 있겠지만 많은 여성들이 그런 신체적 변화로 인한 심적 무너짐을 경험해요. 이때 아무리 돈을 모아두면 뭐 하겠어요. 큰 병에 걸리면 다 써버리게 되는데요.

그러면 돈을 모으려고 애쓰며 그러지 못해 괴로워하지 않아도 되는 것일까요?

절대적으로 구체적인 결론을 내릴 순 없지만, 다만 가치를 어디에 두느냐에 따라 행동은 자연스레 따라오게 되어 있다고 말하고 싶어요. 만약 현재 500원을 소비하기보다 이를 절약해서 미래의 하고 싶은 일에 투자하고 싶다는 마음이 확고하다, 그러면 지금 500원을 쓰지 않고 참는 일이 마냥 고역은 아닐 거예요. 그렇지 않고 '무작정' 500원을 쓰지 말래서 안 쓰는 일은 참기가 어렵지요.

진화론에 트레이드 오프(Trade Off)란 용어가 있어요. 경제학에서도 중요하게 쓰이는 개념인데, 저는 이 단어를 '감수해야 할 바'라고 번역해요. 진화의 과정은 풍부한 실험 속에서 불필요하다고 판단한 것들을 선택해 떼어버리는 과정을 겪는 것이에요. 이때 선택은 어떤 한쪽이 완벽한 답이어서 고르는 것이 아니에요. 선택 후에 감수해야 하는 부분이 더 감당할 만한 쪽을 선택하는 거죠. 그게 트레이드 오프예요. 경제 교육도 마찬가지로, 어디에 돈을 쓸지 정할 때 선택지들에 완전무결한 답은 없어요. 어느 답을 고르든 계속해서 고르지 않은 답에 대한 미련과 아쉬움은 남겠죠. 그래서 트레이드 오프에서 선택은 늘 49:51이라고 말해요. 100퍼센트가 아닌 51퍼센트의 약간 더 기우는 쪽을 고르는 것이죠.

그나마 어떤 소비를 할지를 선택할 때 약간의 팁을 주자면, 돈을 쓰고 났을 때 기분이 나빠지는 소비는 줄여가세요. 어떤 소비는 나를 기분 좋게 하는 반면, 돈은 돈대로 썼는데 기분은 묘하게 좋지 않을 때가 있잖아요. 그럴 때는 왜 그런 감정을 느꼈는지 파악하고 수정해보는 거예요. 그렇게 경제적으로 진화하는 거지요.

스스로 여러 가지 소비를 경험해보면서 가장 나다

운 경제생활을 찾아가 보세요. 머리로 결정하려 하지 말고 직접 실험해보세요. 행동하고 경험하고 시행착오를 겪다 보면 내게 가장 잘 맞는 답을 찾을 수 있을 거예요.

이쪽도 저쪽도 아닌 괴로움에 잠을 설치고 있다면
우선 100:0을 선택하고 싶은 욕심을 버릴 것.
49:51의 비스듬한 마음에 깊숙하게 귀 기울일 것.
그다음은, 내 선택을 아낌없이 사랑할 것.

작년 초여름, 할머니가 돌아가셨다. 몇 달 전부터 급격히 악화되는 건강 상태에 함께할 날이 그리 많지 않았음을 어렴풋이 짐작하긴 했지만, 예상보다 훨씬 빠르게 찾아온 갑작스러운 이별이었다. 마지막으로 병원에 입원하시던 날, 적어도 몇 년은 남아 있을 줄 알았던 이별의 순간은 고작 며칠을 채우기도 전에 다가오고 말았다.

할머니는 어느 새벽에 잠이 든 채로 돌아가셨다. 잠자듯 자연스레 눈을 감는 것, 살아계실 때 늘 말씀하시던 소원이었다. 견딜 수 없이 슬프다가도, 그 사실이 내심 다행스럽다 싶기도 했다. 유난스러움을 질색하던 할머니다웠다. 그렇게 본인의 평소 성격처럼 조용하고 얌전하게 마지막을 맞이하셨다.

거실 소파 한 쪽에 할머니가 한 쪽 무릎을 세우고 앉아 있는 모습, 당연한 것은 없음에도 불구하고 당연하다 생각했던 풍경이었다. 태어나서부터 계속 할머니와

같이 살았던 나에게 추억은 화려하고 특별한 순간이 아니라 사사롭고 별 거 아닌 거의 모든 순간에 남아 있다.

입관식에서 할머니는 차가웠다. 마지막으로 볼에 입을 맞추던 순간 느껴졌던 그 온도가 잊혀지지 않는다. 나에게는 생애 처음으로 마주한 죽음인 셈이었다. 그전에도 몇 번인가 장례식장에 가본 적은 있었지만, 어디까지나 3인칭의 관점에서 바라본 것이었다. 하지만 할머니는 달랐다. 나와 직접적으로 연결된 '당신'의 죽음이었고, 그것은 생각보다 훨씬 무겁고 아팠다. 살고 죽는 일, 늙고 병듦의 온도 차를 실감했다. 한때, 가끔 죽고 싶다 쉽게 생각하던 자신이 얼마나 오만했었는지를 후회했다.

자신의 죽음을 예상할 수 있다는 건 축복일까? 저주일까? 할머니가 돌아가시고 나서야 든 생각이지만, 적어도 나의 할머니처럼 노환으로 생을 마감하는 경우에 스스로는 자신의 마지막을 눈치 채지 않았을까 싶어진다. 죽음이란 것이 불현듯 온 듯 보여도 실은 수년에 걸쳐 조금씩 젖어 들고 있었으니 말이다. 처음엔 귀가 잘 들리지 않고, 그 다음엔 소화가 잘 되지 않고, 걷는 것이 힘들어지고, 살이 빠지고, 그렇게 하나씩 하나씩, 죽음은 가까워지고 있었다.

일본의 동화작가 사노 요코는 저서 《사는 게 뭐라고》에서 암 때문에 시한부 선고를 받은 것을 오히려 다행이라고 여긴다. 죽는다는 사실을 아는 건 자유의 획득이라고 말한다. 일흔의 그녀는 남은 인생을 조금이라도 연장하기 위해 호스피스 병동에 들어가는 선택은 거절하고, 그간 해보지 못했던 일을 하기로 마음먹는다. 그렇게 시한부 선고를 받고 나오는 길에 바로 재규어 자동차를 사고, 평소와 다름없이 마감을 하며 턱이 돌아갈 때까지 한국 드라마를 보는 일상을 즐긴다.

나에게 언젠가 1인칭 죽음이 가까워 온다면, 나는 웃을까, 울까, 겁을 낼까, 담담할까. 사노 요코처럼 유머 감각을 잃지 않으며 의연한 태도를 유지하는 모습은 내가 죽음 앞에 예상할 수 있는 가장 멋진 예시였다. 그래서 이 책을 읽으며 롤모델을 발견한 기분이었다. 작가에 독거인이라는 것까지는 일단 같으니 꽤나 가능성이 높은 미래일지도 모른다. 누군가는 고독사가 무서우면 매일 녹즙 배달이라도 시키라는데, 그건 아무래도 녹즙 배달원에게 못할 짓인 것 같아 하지 않기로 한다.

나이가 들수록 준비해야 하는 것은 연금 저축보다
도 늙어간다는 것 자체를 인정하는 솔직함과 죽음의 순
간까지도 농담할 여유를 잃지 않는 발랄함이라고, 사노
요코의 경우를 보며 생각한다. 삶에서 허투루 낭비할 여
분의 기회가 줄어들수록, 더욱 집중해서 전력 질주할 수
밖에 없다. 아무래도 더욱 내 멋대로 살아야겠다. 어릴
때는 불행하게 내 멋대로 살았다면, 지금은 행복하게 내
멋대로 살기로 마음먹었다. 그리고 조금 더 부지런하고
재미있게 살기로 했다. 순위권 밖의 선수처럼 이번 생의
참가에 의의를 두며 너그러워지리라. 스스로 만족스러운
재미를 느끼는 생의 경기를 완주할 준비가 되어 있다.

있잖아, 인생이란 이렇게 하찮은 일들이 쌓여가는
것일까?
죽는 날까지 좋아하는 물건을 쓰고 싶다. 예쁘고
세련된 잠옷도 잔뜩 샀다. 보고 싶은 DVD도 착착
사들였다.

— 사노 요코, 《사는 게 뭐라고》에서

사는 동안 그렇게 내 주변의 작은 것들에 사랑을 보내며, 삶이 내게 선사한 만찬의 마지막 한입까지 유쾌하게 음미하는 날을 꿈꿔본다.

꿈을 꾸었습니다.
이 책을 읽는 누군가에게,
나의 문장들이 당신의 고민에 빛나는 답을 전할
수는 없을지라도
잠시 곁에 있어줄 수 있다면,
불면의 새벽이 당신의 것만이 아니라는 안도를
전할 수 있다면
더 바랄 것이 없으리란 꿈을.

내일 그 내일도
오늘밤처럼 다정하기를.

푹 자고 일어나면
꽤 괜찮은 아침을 만날 거예요.

인용 출처

《후회 없는 삶을 위한 10가지 제안》, 캐롤 자코우스키, 안진환 옮김, 해바라기, 2002.
《자기만의 방》, 버지니아 울프, 이미애 옮김, 민음사, 2006.
《사는 게 뭐라고》, 사노 요코, 이지수 옮김, 마음산책, 2015.

오늘밤은
잠이 오지 않아서

초판 1쇄 인쇄일 2018년 09월 21일
초판 2쇄 발행일 2018년 10월 30일

지은이	김희진		
발행인	이승용		
주간	이미숙		
편집기획부	송혜선 박지영 양남휘	**디자인팀**	황아영 한혜주
마케팅부	송영우 김태운	**홍보마케팅팀**	조은주 전소현
경영지원팀	이루다 김미소		

발행처 |주|홍익출판사
출판등록번호 제1-568호
출판등록 1987년 12월 1일
주소 [04043] 서울 마포구 양화로 78-20(서교동 395-163)
대표전화 02-323-0421   **팩스** 02-337-0569
메일 editor@hongikbooks.com
홈페이지 www.hongikbooks.com

제작처 갑우문화사

ISBN 978-89-7065-655-7 (03810)

이 도서의 국립중앙도서관 출판예정도서목록(CIP)은
서지정보유통지원시스템 홈페이지(http://seoji.nl.go.kr)와
국가자료공동목록시스템(http://www.nl.go.kr/kolisnet)에서 이용하실 수 있습니다.
(CIP제어번호: CIP2018029164)